诗话浙江·温州

人物满东瓯

丛书编写组 编

浙江古籍出版社

编纂指导工作委员会

主　任：赵　承

副主任：来颖杰　虞汉胤

成　员：（按姓氏笔画排序）

丁如兴　邓　崴　申中华　叶伯军　叶国斌

吕伟强　刘中华　芮　宏　张东和　金　彦

施艾珠　黄海峰　程为民　潘军明

专家指导委员会

主　任：陈尚君

成　员：（按姓氏笔画排序）

吴　蓓　尚佐文　陶　然　葛永海

本册编写人员（按姓氏笔画排序）

王朋飞　亓　颖　苏碧铨　李思涯　陈文苞

陈智峰　陈瑞赞　南　航　陶　慧　巢彦婷

总 序

中国诗歌源远流长，姿态丰盈，溯其初始，皆以《诗三百》为中原之代表，以《楚辞》为南方的代表，浙江偏处东南，似皆无预。其实，万年上山遗址被誉为“远古中华第一村”，良渚遗址是实证中华五千多年文明史的圣地，越州禹庙的存在，知古越人对以编户齐民到三皇五帝传说之形成，也不遑多让。越地保存的《弹歌》：“断竹，续竹；飞土，逐宍。”记录初始人民与百兽竞逐的生存状态，有可能是中国保存最早的古诗。而时代不晚于战国的《越人歌》，以“山有木兮木有枝，心说君兮君不知”的天籁之音，表达古越人两心相悦、倾情诉述的真意。从南朝时期的《阿子歌》《钱唐苏小歌》中，还能体会到古越民歌这种明丽之声的赓续和弘传。

秦并六国，天下设郡，会稽郡为三十六郡之一，也为越地州郡之始。到有唐一代，今浙江境内设有十州，虽历代区划皆有调整，省境规模大致底定。十一市的格局虽确定于晚近，但各市历史上无论称郡称州称府，无不文明昌盛，文士群出，文化发达，存诗浩瀚。就浙江在中华文化版图中日显昭著的地位而言，我们可以提到几个很特殊的时期。一是西晋末永嘉南渡，大批中原士族客居江南，侨居越中，越中山水秀丽，跃然于文化精英的笔端：“千岩竞秀，万壑争流，草木蒙笼其上，若云兴霞蔚。”山阴道上，剡溪沿流，留下大量珍贵记录。南北对峙，南朝绵续，越地经济发展，景观也广为世知。二为唐代安史乱后，士人南奔，实现南北文化的再度融合。中唐伟大诗人白居易、韩愈、柳宗元、刘禹锡皆出身于北方文化世家，但出生或成长在江南。浙江东西道之设置将今苏南、浙江之地分为两道，其文化昌盛、诗歌丰富，已不逊于中原京洛一带。三是唐末大乱，钱镠祖孙三代割据吴越十四州，出身底层而向往士族文化，深明以小事大之旨，安定近百年，不仅使其家族成为千年不败、人才辈出的文化世家，也为吴越文化造就无数人才。四是靖康之变，宋室南渡，定都临安即今杭州，更使浙江成为全国的政治经济文化中心。此后九百年，浙江在全国举足轻重的地位，历经江山鼎革，人事迁变，始终没有动摇。

浙江人杰地灵，文化繁荣，山水奇秀，集中体现在每一时代、每一州郡，皆曾出现过一流人物，不朽著作，杰出诗篇。“诗话浙江”的编著，即以省内十一市域各为单元，选编历代最著名的诗篇，以在地的立场，重视本籍诗人，也不忽略游宦客居之他籍人士，务求反映本土之风光人情，家国情怀，文化地标，亲历事变，传达省情乡情，激发文化自信，培养乡土情怀，增进地方建设。

唐人元稹有“天下风光数会稽”（《寄乐天》）之句，引申说天下山水数浙江，应该不会有人反对。东晋孙绰《游天台山赋》以全景式的鸟瞰写出天台山之俊奇雄秀，王羲之约集家人朋友高会兰亭，借山水寄慨，是越中诗赋写山水之杰作。广泛游历，寄情山水，留下众多诗篇的刘宋大诗人谢灵运，以诗作为山水赋予了灵魂。本套丛书中杭州、绍兴、台州、温州、丽水、金华诸册，皆收有谢诗，如“林壑敛暝色，云霞收夕霏”之绚烂，“白云抱幽石，绿篠媚清涟”之妩媚，“明月在云间，迢迢不可得”之企羡，“池塘生春草，园柳变鸣禽”之惊喜，“乱流趋正绝，孤屿媚中川”之特写，“石浅水潺湲，日落山照曜”之素描，“崖倾光难留，林深响易奔”之观察，无不在瑰丽山川描摹中投入自己的真实情感，开创了山水诗的无数法门。此后的历代诗人，无论名气大小，游历深浅，无不步武谢诗，传达独到的观察与体悟，留下不朽的诗篇。

浙江各市皆有标志性的名山秀水，且因历代官民之开拓建设，历代文人之歌咏加持，而得名重天下。以旧州名言，台州得名于天台山；明州得名于四明山；处州本名括州，因括苍山得名，避唐德宗名而改；湖州得名于太湖。南湖烟雨，孕育出以朱彝尊为代表的浙西词派。西湖名重天下，离不开白居易和苏轼两位大诗人任职时的建设疏浚，更因他们写下无数脍炙人口的名篇而广为世人所知。有些名山云深道险，如雁荡山，弘传最有功者为唐末诗僧贯休，以兰溪人而得广涉东瓯名山，“雁荡经行云漠漠，龙湫宴坐雨蒙蒙”（《诺矩罗赞》）二句极其传神，此后方为世重。类似例子还有很多，读者可从全套丛书中细心阅读，会心感悟。

其实，山灵水秀触发了诗人的灵感，诗人的名篇也促使了人文景观的升华。兰亭是众所瞩目的名胜，还可以举几个特别的例子。南朝诗人沈约出任东阳太守期间，在金华建玄畅楼，常登楼观景抒情，更特别的是他还写了与楼相关的八首抒情长诗，世称《八咏诗》，名重天下，后人更将玄畅楼改名八咏楼，成为有名的故事。衢州烂柯山又名石桥山、石室山，因南朝任昉《述异记》云东晋王质入山砍柴迷路，遇二童子对弈，着迷而耽搁许久，欲归而发现斧柄已烂，从此有烂柯之名，且因此而成为围棋仙地。缙云仙都山以鼎湖峰最为著名，因其拔地而起高达一百七十多米的石柱而备受关注，传为黄帝置鼎炼丹或飞升处而知名，更成为国内著名的黄帝祭祀地，历代相关诗歌也很多。在历代诗人的共同努力下，浙江各市皆形成了有全国重大影响的山水名区与文化地标。近年在国内外有重大影响的浙东唐诗之路，借用唐代诗人宋之问《题杭州天竺寺》“待入天台路，看予度石桥”所言，即其起点是杭州（也有说法具体到渔浦潭），东行经绍兴、上虞，至剡溪经新昌、嵊州，目的地是天台山，沿途著名景点有镜湖、曹娥庙、大佛寺、天姥山、沃洲山、石梁飞瀑、国清寺等。六朝至唐的另一条诗路，则是从杭州溯钱江而上，经富阳、桐庐、兰溪、金华、丽水、青田而到温州，沿途名区也不胜枚举。近年经学者研究，唐诗之路其实遍布浙江的各个由水路和陆路形成的人文景观，在古迹复原、石刻调查、摩崖寻拓、驿路搜索等方面，都有许多新的发现，在此不能一一叙述。

浙江民风淳朴，勤劳奋发，但也有慷慨悲歌、报仇雪耻的另一面。春秋时代的吴越相争，槜李之战就发生在今嘉兴。后越王勾践在国破家亡之际，忍辱负重，卧薪尝胆，终得复国。浙江历代无数仁人志士，为国家民族生存，为乡邦安宁发展，曾做过许多可歌可泣的努力。舟山在浙江偏处边隅，有两段往事尤可称诵。一是南宋初金人南侵，宋高宗避地舟山，在海上漂泊数月，方得保存国脉。二是明清易代，浙东抗清武装退居海上，张煌言以身许国，以舟山为重要支点，坚持斗争，所作《翁洲行》倾诉了满腔爱国激情。同时陈子龙、顾炎武都有声援诗作。吴伟业所作《勾章井》写鲁王元妃的以身殉国，也可见其情怀所系。近代中国剧变，浙江受冲击尤剧，本书收入龚自珍、左宗棠、郭嵩焘、蔡元培、秋瑾、鲁迅等人诗作，分别可以看到有识之士在世变中对自改革的呼吁、守卫国家领土的努力、放眼看世界的鸿识、反抗清王朝的革命，以及创造新文化的勇气。虽然人非皆浙籍，诗或因他故，他们的功绩是应该记取的。

浙江海岸线漫长，自古即多良港，由于洋流的原因，日本遣唐使和学问僧多以越、明、台、温四州为到达和返国之地。名僧最澄、空海、圆仁、圆珍都在诸州广交友人，广参名僧，访求典籍，体悟佛法，归国后分别弘传天台宗和真言宗（空海在长安得法于青龙义操），写就中日文化交流的重要一笔。圆珍在中国的授法僧清观，曾寄诗圆珍，有“叡山新月冷，台峤古风清”（全篇不存）二句，传达中日佛教界的血脉亲情。宋元之间的一山一宁、无学祖元，再度东渡，在日本弘传临济禅法。至于儒学东传，特别要说到明清之际的朱之瑜（舜水），在长期抗清斗争失败后，他东渡日本，受到江户幕府的热忱接纳，开创水户学派，弘扬尊王攘夷的学说，成为日本后来明治维新的重要思想资源。至于宁波开埠以后西学的传入，也可从许多诗作中得到启示。

至于浙江对中国学术文化的贡献，可讲者太多，大多也可在本套丛书中读到。先从天台山说起。佛教天台宗创始于陈隋之际的智者大师智𫖮，其辨教思想与天台法理，皆使佛教中国化达到了空前高度。数传而不衰，更在日本发扬光大。天台道教则以桐柏宫为最显，司马承祯为宗师，与茅山、龙虎山并峙为江南三重镇。缙云道士杜光庭避乱入蜀，整理道藏，贡献巨大。寒山是天台的游僧，他书写于山岩石壁上的悟道喻世诗作，由道士徐灵府整理成集，流传不衰，并在现代欧美产生广泛影响。道士而为僧人整理遗篇，恰是三教和合的佳话。至于宋末元初三大家王应麟、胡三省、马端临，皆生长著述于浙东，而清初三大启蒙思想家中的黄宗羲也是浙人。黄宗羲子黄百家，更是中国弘传哥白尼日心学说之第一人。更应说到宋陆九渊、明王守仁倡导的儒家心学一派，明末影响巨大，至今仍受广泛注意。至于朱子后学如慈湖杨简、东发黄震，亦曾名重一时。本套丛书以介绍诗词为主，于学术文化亦颇有涉及，读者可加以关注。

浙江物产丰饶，各市县乡镇都有各自的特产与名品。如果举其大端，则为茶、绸、果、笋。茶圣陆羽是今湖北天门人，但他成名则在今湖州与江苏常州共有的顾渚茶山。陆羽不仅致力于茶的采摘与制作工序，更讲究茶的烹煮和水的选择，曾设计组合茶具套装。陆羽存诗不多，但湖州历代咏其茶艺之诗络绎不绝。白居易《缭绫》写越州所贡罗绡纨绮，有“应似天台山上月明前，四十五尺瀑布泉”的描述，进而质问：“织者何人衣者谁？越溪寒女汉宫姬。”直至近代，湖丝、杭绸一直广销世界。浙江果蔬丰富，如余姚杨梅、黄岩蜜橘、嘉兴槜李、湖州莲子、绍兴荷藕，皆令人齿颊生津，品啖称快。竹林遍布浙江，既可采以制作器具，又可食其初笋而得天然美味。宋初僧赞宁撰《笋谱》，主要采样于天目山笋。古代文人以竹取其高雅，食笋更见其清新出俗，在诗中也多有表达。

本套丛书由中共浙江省委宣传部策划指导，十一个市委宣传部组织编写，由浙江古籍出版社出版。各市对地方文献及历代诗歌皆有长期积累与研究，故能在较快时间内完成书稿，数度改易增删，以期保证质量。然而从浙江历代浩瀚的典籍中选取为一般读者喜闻乐见的作品，叙述作者生平事迹，准确录文并解释，深入浅出地品赏分析，实在不是一件很容易的事情。出版社邀请省内专家审稿，提出问题疑点，纠正传本讹脱，皆已殚尽心力。比如明唐胄的《衢州石塘橘》诗中“画舫万笼燕与魏”，与下句“青林千顷鹿和狮”比读，初以为指牡丹，但“燕”字无着落，经反复查证，方知“燕与魏”指燕文侯、魏文帝关于柑橘的两个典故。再如文天祥经温州所写诗，通行本作“暗度中兴第二碑”，中兴碑当然指湖南浯溪颜真卿书元结《大唐中兴颂》，然“暗度”该作何解？经查明刻本《文山先生全集》收的《指南录》作“暗读”，诗意豁然明朗，即文天祥在人生最困难的时刻，仍然没有放弃奋斗的目标，希望大宋再度中兴。

我们深知，作者与编辑发现并妥善解决的疑点，只是众多存疑难决问题中的一部分。整套书希望给读者提供一份浙江各地诗词的丰盛大餐，但烹制难以尽善尽美，肯定还有不足之处，敬俟读者批评指正，以期后续修订完善。

陳尚君

2024 年 11 月

前　言

温州诗词的源头可追溯至南朝初年，开篇即高潮。南朝宋永初三年（422），谢灵运被任命为永嘉郡太守，在任一年，“肆意游遨，遍历诸县，动逾旬朔”，“所至辄为诗咏，以致其意焉”。谢灵运在永嘉郡开创了中国山水诗派，被视为中国山水诗的鼻祖，温州也被视为中国山水诗的发祥地。除了谢灵运之外，颜延之、鲍照、丘迟等都与南朝时期的永嘉郡有不同程度的交集。这些文化大家以官员身份来到永嘉郡，对地方文学风气起到了引导和促进的作用，更在后世地方文化传统的塑造中发挥着重要作用。

名贤莅止，踪迹不绝。继谢灵运之后，唐代孟浩然、张子容的唱和，张又新创作《永嘉百咏》，路应发起“仙岩四瀑布”题咏；宋代杨蟠创作《永嘉百咏》，陈亮和永嘉诸子的江心赠酬；都是温州诗歌诗史上的盛事。盛唐诗坛的“双子星”李白和杜甫、北宋大文豪苏轼等，虽足迹未至温州，却在诗篇中屡道及之。苏轼“自言官长如灵运，能使江山似永嘉”的诗句，充分表达了唐宋文人对温州山水和康乐遗迹的向往之情。明清时期，梁辰鱼、汤显祖、黄宗羲、朱彝尊、袁枚、江湜、赵之谦等文化名人都曾来游温州，留下了脍炙人口的篇章。

本土作家，勃然崛兴。两宋以后，温州诗词的创作主力逐渐转移到本土作家身上。宋代温州诗歌发展最显著的特点，是文学与儒学的共生性。北宋温州最早的一批本土诗人，也是最早的一批本土儒家学者，代表人物有“皇祐三先生”中的林石，“元丰九先生”中的周行己、许景衡、刘安节、刘安上等。南宋永嘉学派崛起，薛季宣、陈傅良和叶適都是造诣颇高的诗人。尤其是叶適，他将传统竹枝词与温州地方物产巧妙结合，创作了别具一格的《橘枝词》。他还以鸿儒巨子的身份提倡文艺，大力鼓吹徐照（字灵晖）、徐玑（号灵渊）、翁卷（字灵舒）、赵师秀（号灵秀）等“四灵”的诗歌创作。“四灵”诗派能在当时产生广泛影响，叶適功不可没。南宋遗民诗人林景熙，元末明初的李孝光、刘基等，都是足以在中国诗歌史上占据一席之地的名家、大家。随着本土诗歌积累日富，明代成化、弘治年间出现了温州历史上最早的地方诗歌总集——由乐清蔡璞、永嘉赵谏纂辑的《东瓯诗集》《东瓯诗续集》。清代乾隆年间，永嘉曾唯纂成《东瓯诗存》，对温州历代诗歌文献进行了一次大规模的整理。

山水甲东南，人物满东瓯！无论是外籍诗人还是本土诗人，他们的作品都是对温州自然风光和人文胜迹的真实写照。披览这些作品，犹如展开一幅光彩绚烂的画卷。

好山好水看不足。温州是中国山水诗的摇篮，域内的山水奇观吸引着一代代的骚人墨客，为他们的创作提供了不竭的灵感源泉。江心屿、雁荡山、仙岩、楠溪江、温瑞塘河等山水名胜，题咏荟萃，堪称诗词渊薮。温州东濒大海，历代都不乏题咏海洋的诗作。谢灵运撷珍海上，“扬帆采石华，挂席拾海月”；陈陶登楼观海，

“廓落溟涨晓，蒲门郁苍苍”；何白乘舟往游，“青天寒写万峰高，挂席来观碧海涛”；戈鲲化乘小火轮出瓯江口，“只轮随火急，双桨画波轻”……这些不同寻常的海上体验和角度各异的海洋书写，丰富了山水诗的题材，开拓了山水诗的境界。

文采风流道不尽。在温州这片热土上，曾涌现出东瓯王驺摇、禅宗大师玄觉、状元名臣王十朋、“永嘉学派”集大成者叶適、《六书故》作者戴侗、航海家周达观、帝师刘基、政治革新家张璁、军事发明家赵士桢、清学殿军孙诒让等一大批优秀人物。他们是中华民族文化星空中的耀眼明星，后人用诗词记录他们，歌颂他们。朱彝尊在拜谒东瓯王庙时，称赞东瓯王“艰难气不除”。杨文骢夜宿刘基故里，“衮衣国宝尊丹陛，绿字传经护绛纱”的诗句中充满了高山仰止之情。读到这些诗句，谁能不起景仰前贤之心？谁能不受到感动和激励？

城市故事说不完。赵抃“城脚千家具舟楫，江心双塔压涛波”，生动描绘了温州城通江达海的水上交通景观。杨蟠“一片繁华海上头，从来唤作小杭州”，是温州市井繁华的真实写照。“两寺今为一，僧多外国人”，从徐照题咏江心寺的诗句里，可以了解温州作为东亚文化交流重镇的历史地位。叶適“有林皆橘树，无水不荷花”的《西山》诗句展示了温州城郊的秀美风光。从《橘枝词》到《红花词》《瓯江竹枝词》，一幅幅充满生活气息的风俗画面历历如在眼前……

古人云，诗可以兴、观、群、怨，具有提高审美、扩充认识、丰富情感等多方面的功能。《人物满东瓯》选录诗词作品一百首，题材广泛，呈现了温州的自然风光、历史人文、民情风俗等各方面的面貌。希望读者在阅读这些诗词之后，能够增进对温州城市品格的了解，体会到温州人奋发图强、开放进取、开拓创新的精神。

本册编写组

2024 年 11 月

目　录

先　唐

唐五代

宋　元

明　清

先唐

谢灵运

谢灵运（385—433），小名客儿，常称“谢客”，袭封康乐县公，世称“谢康乐”。祖籍陈郡阳夏（今河南太康），生于会稽始宁（今绍兴市上虞区）。永初三年（422），宋少帝即位，谢灵运受大臣排挤，出任永嘉郡太守。在任一年，遍游郡中山水，创作多首山水诗。谢灵运是中国山水诗的鼻祖，温州也被誉为中国山水诗派的发祥地。谢灵运的作品，后人辑为《谢康乐集》。

登池上楼[1]

潜虬媚幽姿，飞鸿响远音。[2]
薄霄愧云浮，栖川怍渊沉。[3]
进德智所拙，退耕力不任。[4]
徇禄反穷海，卧疴对空林。[5]
衾枕昧节候，褰开暂窥临。[6]
倾耳聆波澜，举目眺岖嵚。[7]
初景革绪风，新阳改故阴。[8]

明　重摹南宋庆元三年（1197）谢康乐线刻像朱拓

池塘生春草，园柳变鸣禽。

祁祁伤豳歌，萋萋感楚吟。[9]

索居易永久，离群难处心。[10]

持操岂独古，无闷征在今。[11]

（《谢灵运集校注》）

注　释

[1]池上楼：在今温州市区积谷山西侧。楼下有池水一方。相传谢灵运于此登楼，梦弟惠连而得“池塘生春草”之句，故池名谢池、谢公池、春草池等，楼名池上楼。其地又有谢池巷，亦因谢池而得名。　[2]潜虬：潜伏在水中的虬龙。幽姿：闲静的姿态。　[3]薄霄：迫近天空，极言其高。薄，迫近。栖川：栖息川泽。怍：愧。　[4]进德：增进德业，指出仕为官，建功立业。退耕：辞官务农。力不任：体力承受不了。　[5]徇禄：营求俸禄。反：同“返”，回到。穷海：僻远的海边，此指永嘉郡。卧疴：卧病，因病而躺在床上。　[6]“衾枕”句：谓因病长期躺卧在床，以致不知道外面季节的变化。衾枕，被子和枕头。昧，昏昧无知。褰开：褰帷开窗，撩起帘帷并推开窗户。窥临：临窗眺望。　[7]岖嵚：山险貌，这里指险峻的山峰，即池上楼所面对的积谷山。　[8]初景：初春。革：清除。绪风：冬日残留的寒冷空气。《楚辞·九章·涉江》：“欸秋冬之绪风。”王逸注：“绪，余也。”新阳：相当于新春。故阴：相当于残冬。　[9]祁祁：茂盛貌。豳歌：指《诗经·豳风·七月》。其诗云：“春日迟迟，采

蘩祁祁。女心伤悲，殆及公子同归。”萋萋：草木茂盛貌。楚吟：《楚辞》哀怨的歌吟。 [10]“索居”句：谓一个人独居，时间难以打发，日子容易变得漫长。索居，独居。永久，历时长久。处心：安置好心情。[11]“持操”二句：表达诗人将要持操隐遁的决心。持操，坚持操守。无闷，不因外在遭遇而感到烦恼苦闷。语出《周易·乾卦·文言》：“遁世无闷，不见是而无闷。”

赏 析

永初三年（422）八月十二日，谢灵运抵达永嘉郡治。因被权臣徐羡之等排挤，心情郁闷，加上旅途劳顿，水土不服，到任不久，谢灵运就生病了。景平元年（423）开春，谢灵运久病初愈，登楼赏景，面对焕然一新的景象，写下了千古名句“池塘生春草，园柳变鸣禽”。本诗起首四句用虬龙与鸿雁起兴，言虬龙深潜而保全本真，鸿雁高飞而声名远播，自己却进退两难，既不能潜伏深渊，也不能奋翅高飞。谢灵运对自身处境进行了深刻反省，在进德与退耕都不可能的情况下，决心效仿古之贤人，秉持操守，达到“遁世无闷，不见是而无闷”的境界。可能正是在这番反省之后，他才全身心地投入到永嘉山水之中，而他的心灵也与奇丽的山水完美契合。

东山望海[1]

开春献初岁，白日出悠悠。
荡志将愉乐，瞰海庶忘忧。[2]
策马步兰皋，绁控息椒丘。[3]
采蕙遵大薄，搴若履长洲。[4]
白华缟阳林，紫䕡晔春流。[5]
非徒不弭忘，览物情弥遒。[6]
萱苏始无慰，寂寞终可求。[7]

（《谢灵运集校注》）

注　释

[1] 此诗作于景平元年（423）春，题一作“郡东山望溟海”。东山：指永嘉郡城（今温州市区）东北的海坛山。　[2]“开春”四句：据《楚辞·九章·思美人》“开春发岁兮，白日出之悠悠。吾将荡志而愉乐兮，遵江夏以娱忧”改写。献初岁，指进入新的一年。荡志，谓洗刷心胸，排遣愁绪。　[3]“策马”二句：袭用《楚辞·离骚》“步余马于兰皋兮，驰椒丘且焉止息”之意。兰皋，长满兰草的水边之地。绁控，控制缰绳。椒丘，高而尖削的土丘。　[4]“采蕙”二句：糅合《楚辞·九章·思美人》“揽大薄之芳茝兮，搴长洲之宿莽”及《九歌·湘君》“采芳洲兮杜若”等句而成。蕙，香草，与兰同类。一秆

一花而香味浓郁者为兰，一秆数花而香气淡雅者为蕙。薄，草木丛生的地方。若，杜若，香草名。长洲，水中长条形的陆地。 [5] 虈：香草名，即白芷。 [6] 弭忘：忘却。语本《诗经·小雅·沔水》："心之忧矣，不可弭忘。"遒：遒劲，强烈。 [7] 萱苏：植物名，萱草、皋苏。《初学记》引三国魏王朗《与魏太子书》曰："萱草忘忧，皋苏释劳。""寂寞"句：化用宋玉《九辩》"欲寂漠而绝端兮，窃不敢忘初之厚德"之意。寂寞，清静，恬淡。

赏 析

谢灵运登山望海，本欲排解心中的忧愁，但徘徊良久，所见景物，令人更添愁绪。他最后醒悟，企图借助外物来纾解忧愁是徒劳的，只有让内心排除物欲，不受外物干扰，才能得到真正的恬静和舒适。诗中很多句子都从《楚辞》化用而来，其情志郁伊，亦与《楚辞》类似，颇有"其志洁，故其称物芳"的意味。

登江中孤屿[1]

江南倦历览，江北旷周旋。[2]
怀新道转迥，寻异景不延。[3]
乱流趋正绝，孤屿媚中川。[4]
云日相辉映，空水共澄鲜。

表灵物莫赏，蕴真谁为传？[5]

想像昆山姿，缅邈区中缘。[6]

始信安期术，得尽养生年。[7]

（《谢灵运集校注》）

注　释

[1] 江：指永嘉江，即今瓯江。　[2] 历览：遍览。旷：荒废。周旋：盘桓；游玩。　[3] 迥：遥远，僻远。景不延：谓时日不能延长。景，日光，指时间。延，长。　[4] 正绝：横流直渡。孤屿：即江心屿，在温州城北瓯江中。中川：江中。　[5] 表灵：指孤屿显露于自然中的一派灵秀。物：人。蕴真：内蕴的真谛。谢灵运认为山水的自然美中蕴含着生命的真谛。　[6] 昆山：昆仑山的省称，传说中的仙山，西王母的住处。缅邈：遥远。此处为远离之意。区中缘：人世间的尘缘。[7] 安期：即安期生，古代传说中的仙人，有长生之术。

赏　析

江心屿位于温州城北面的瓯江之中。谢灵运准备到瓯江北岸游览，在横渡瓯江时遇见孤屿，即被吸引。云彩和日光在天空交相辉映，明亮的天空又从江水中倒映而出，江水看起来更清澄，天空看起来更鲜明，孤屿也看起来更妩媚。孤屿孤独、寂寞、乏人欣赏，羁栖海滨的诗人颇有与之同病相怜之概，但孤屿随即又以出尘脱俗的仙姿安慰了诗人。诗人仿佛脱离了人世尘缘而来到了神仙所居的昆仑之墟，幻想着习得长生之术。

这是谢灵运在温州所写的著名山水诗篇，也是开启中国诗歌新境界的不朽名篇！

汪如渊　江心屿奇胜图

唐五代

沈佺期

沈佺期（约656—716），字云卿，相州内黄（今河南内黄）人，祖籍吴兴（今浙江湖州）。上元二年（675）进士。武周时预修《三教珠英》。中宗时拜起居郎兼修文馆直学士，侍宴属和，荣耀无比。工七言诗，辞情靡丽，与宋之问齐名，号曰“沈宋”。著有《沈佺期集》。

乐城白鹤寺[1]

碧海开龙藏，青云起雁堂。[2]
潮声迎法鼓，雨气湿天香。[3]
树接前山暗，溪承瀑水凉。[4]
无言诵居远，清净得空王。[5]

（《沈佺期集》卷二）

注释

[1] 乐城：即今乐清市。东晋宁康二年（374）析永宁县置乐成县，一作乐城县，属永嘉郡。唐时复置，属温州。白鹤寺：在今乐清市丹霞山。丹霞山，又名白鹤山，相传东晋时期张文君曾隐居此山，王羲之

访之，文君遁入竹中，不得见。后舍宅为寺，即白鹤寺。 [2]龙藏：龙宫的经藏。指佛家经典。雁堂：佛堂。毗舍离国大林中为佛陀所建之堂宇，其形状似雁，故称雁堂。 [3]法鼓：寺院法堂所设之鼓。在寺院中，法堂设有二鼓，在东北角的称“法鼓”，在西北角的称“茶鼓”。天香：祭神、礼佛的香。 [4]溪：指金溪。相传张文君隐居白鹤山，炼丹成功后，余药渍溪中石上如金点，故名。瀑：指丹霞山双瀑。瀑从丹霞山南面峭壁上分两派冲泻而下，瀑水下流即为金溪。 [5]空王：佛之尊称。佛说一切皆空，故称之。

赏　析

首联写青云从佛堂涌起，既有平面的延伸感，又有上下的拉伸感，不仅写出了一种气势，且视线也从寺外进入寺内。颔联写入寺感受。潮声与法鼓相应，雨气打湿天香，听觉与嗅觉混合，调动感官的写法使人沉浸在寺院的庄严氛围之中。颈联写所见之景。绿树茂密，连绵不断，与前山相接。溪涧承接瀑水，使人倍感凉爽。尾联写游寺感悟。诗人自念身处偏远，默然无言，片刻的清净让他仿佛悟得了佛法。

孟浩然

孟浩然（689—740），字浩然，以字行，襄州襄阳（今湖北襄阳）人。早年隐居鹿门山，开元间游长安，应进士举不第。后为荆州从事，患疽卒。孟浩然与王维齐名，并称“王孟”，诗风冲淡自然。著有《孟浩然集》。

永嘉上浦馆逢张八子容[1]

逆旅相逢处，江村日暮时。[2]
众山遥对酒，孤屿共题诗。
廨宇邻蛟室，人烟接岛夷。[3]
乡关万余里，失路一相悲。[4]

（《孟浩然集》卷三）

注 释

[1]上浦馆：馆驿。位于瓯江北岸，故址应在今永嘉县乌牛街道码道村。张八子容：即张子容，行八。孟浩然同乡好友。孟浩然南游吴越，适值张子容在乐清任县尉。 [2]逆旅：客舍，旅馆。这里指上浦馆。[3]廨宇：官舍，官署。蛟室：龙宫，此应指大江大海。岛夷：古指

我国东部近海一带及海岛上的居民。 [4] 失路：迷失道路，喻不得志。

赏 析

在瓯江北岸的上浦馆，孟浩然和迎候他的同乡好友、时任乐城尉的张子容会合。他乡遇故知，免不了要开怀畅饮一番。上浦馆视野开阔，眺望瓯江南北，群山尽收眼底，不远处的江心屿也清晰可见。诗人善于移情，当他把对友人的深情转移到眼前景物上时，四围群山和江中孤屿就变成了酒朋诗友。所以，不仅是孟浩然和张子容在上浦馆中喝酒，更是四围群山与二人遥相对饮；不仅是孟浩然和张子容在挥毫题诗，更是江心屿与二人以无声的诗语倡予和汝。尽管功名无望，漂泊万里，乡愁萦怀，但永嘉的秀丽山水还是让诗人感到了暂时的适意。诗中展现的江村景物，也为我们留下了一幅唐代温州的风物写照。

张子容

张子容，襄州襄阳（今湖北襄阳）人。早年与孟浩然友善，曾同隐鹿门山。玄宗先天元年（712）进士及第，后贬乐城（今浙江乐清）尉。后弃官归旧业，安史之乱时尚在世。与孟浩然酬唱之作颇多。

永嘉即事寄赣县袁少府瓘[1]

山绕楼台出，溪通里闬斜。[2]
曾为谢客郡，多有逐臣家。[3]
海气朝成雨，江天晚作霞。
题书报贾谊，此湿似长沙。[4]

（《唐五代诗全编》卷一四七）

注　释

[1] 赣县：今属江西省赣州市。袁少府瓘：即袁瓘，襄州襄阳（今湖北襄阳）人。玄宗开元十四年（726）官左拾遗，后被贬为赣县尉。少府，县尉的别称。　[2] 里闬：里闾，里巷。　[3] 谢客：即谢灵运。逐臣：被贬谪放逐的臣子。　[4]“题书”二句：贾谊，西汉洛阳（今

属河南）人。文帝召为博士，迁太中大夫。后遭谗毁，出为长沙王太傅。贾谊谪居长沙，意不自得，长沙卑湿，以为寿不得长，作《鹏鸟赋》以自广。

赏　析

永嘉是温州州治所在。诗以“永嘉即事”为题，生动地描摹了唐代温州城市画卷。

温州城里有郭公、海坛、华盖、积谷、松台五座小山，城墙沿着山址修筑，环绕着城里的亭台楼阁。城中河渠纵横，与街巷平行。历史上谢灵运曾当过永嘉郡太守，许多谪宦逐臣也曾来到这里。此地的气候最是奇怪，晴雨无常，朝夕变幻。前三联景物和人事交替而写，尾联则上句绾结景物，下句绾结人事，作一收束。张子容与袁瓘同遭贬谪，所以诗中以谢灵运、贾谊作比，虽然地湿如长沙，但人才如谢、贾，岂不能为其地增光？

自乐城赴永嘉枉路泛白湖寄松阳李少府[1]

西行碍浅石，北转入溪桥。
树色烟轻重，湖光风动摇。
百花乱飞雪，万岭叠青霄。
猿挂临潭筱，鸥迎出浦桡。[2]

惟应赏心客，兹路不言遥。

（《唐五代诗全编》卷一四七）

注　释

[1]枉路：绕路。白湖：即白石湖，又名合湖。乐清有白石山，下有东西两溪，出数里，合而为湖。松阳：在今丽水市。　[2]筱：小竹。桡：船桨。代指舟船。

赏　析

乐城是温州属县，永嘉是温州州治所在，张子容自乐城赴永嘉，可能是去谒见长官或汇报工作。他忙里偷闲，泛舟白石湖，并写下诗篇寄给友人。

诗的开篇写泛舟的行程，往西行碍于有浅石滩，遂北转进入溪桥。绕过重重烟树，一片微波荡漾的开阔湖面展现在了眼前。读来颇有“山重水复疑无路，柳暗花明又一村”的感觉。时值暮春，但见落英缤纷，如雪片飞舞，层层山岭越叠越高，上接青天。深潭边的竹上挂着猿猴，从湖汊里划出的船只惊飞了鸥鸟。一路上的景色如此清丽优美，对于怀有欣赏之心的人来说，又怎会抱怨绕了远路呢？

整首诗依照游湖路线按部就班来写，结构清晰，语言流畅，充满了闲情逸致。

杜 甫

杜甫（712—770），字子美，自号少陵野老、杜陵野客，出生于巩县（今河南巩义）。玄宗时两次应试落第，四十岁时献《三大礼赋》，始待制集贤院。改右卫率府胄曹参军。安史之乱后，曾为左拾遗，故世称“杜拾遗”。后避乱入蜀，剑南节度使严武荐为节度参谋、检校工部员外郎，故又称“杜工部”。杜甫被誉为“诗圣”。其诗反映时事，被称为“诗史”。著有《杜工部集》。

送裴二虬作尉永嘉[1]

孤屿亭何处，天涯水气中。[2]

故人官就此，绝境兴谁同。[3]

隐吏逢梅福，游山忆谢公。[4]

扁舟吾已僦，把钓待秋风。[5]

（《杜诗详注》卷三）

注　释

[1] 裴二虬：即裴虬，字深源，行二，天宝末任永嘉尉。　[2] 亭：高貌。引申为直立、挺立。　[3] 绝境：风景绝佳之处。　[4] 隐吏：隐于吏，以吏为隐。做官的委婉说法。梅福：字子真，西汉人，曾任南昌尉，后弃家隐居。相传温州梅屿山为梅福隐居地。谢公：指谢灵运。[5] 扁舟：小船。僦：租赁，雇。

赏　析

诗分两节。第一节四句写送别。首联自作问答，以“天涯水气中”突出江中孤屿的缥缈仙姿，而又紧扣赠别主题，表明故人此去路途遥远。“故人官就此”，为首联作一收结。“绝境兴谁同”又设一问，开启第二节的内容。颈联和尾联都可看作是对“绝境兴谁同”的回答，有虚有实，重而不复，极富机趣。梅福曾任县尉，与裴虬官职相同；谢灵运为永嘉郡太守，与裴虬任地相同；以梅、谢比裴虬，用典贴切。梅有吏隐高风，谢有山水佳趣，借梅、谢称扬裴虬，意自不俗。

杜甫没到过温州，但对温州似乎并不陌生。诗中既有对温州的想象，亦有对温州的向往，并向裴虬表达了扁舟往游之意，可惜最终并未实现。永嘉山水与“诗圣”就此错过，很难说这首诗留给我们的是安慰还是遗憾！

顾　况

顾况（约 730—806 后），字逋翁，自号华阳山人，海盐（今浙江海宁）人。肃宗至德间进士。曾官著作佐郎，贬饶州司户。大历中，在永嘉操办盐务。所著诗集二十卷，多散佚，明人辑为《顾华阳集》。

永　嘉

东瓯传旧俗，风日江边好。[1]
何处乐神声，夷歌出烟岛。[2]

（《唐五代诗全编》卷三四〇）

注　释

[1] 东瓯：古越族的一支，汉惠帝三年（前 192）封其首领摇为东海王，都东瓯（今浙江温州），世号曰“东瓯王”。后人亦将“东瓯”作为温州与浙南一带的别称。风日：犹言风光。　[2] 乐神：此应指歌舞祭祀。夷歌：这里指用温州方言所唱的歌曲。烟岛：烟波中的岛屿。

赏 析

温州为东瓯旧地，其俗信鬼而好祠祀。顾况就曾见过温州的民间祭祀活动。那是一个天色晴和的日子，江边风光正好，突然，从江中的岛屿上飘来一阵歌声。顾况不懂当地方言，听不懂唱的是什么，只知道那是娱神祭祀的歌曲。诗写得很质朴，没有过多的修辞，却描绘了一幅生动的唐代温州风俗图。

元　王振鹏　瀛海胜景图（局部）

张又新

张又新（约788—约846），字孔昭，深州陆泽（今属河北）人。元和九年（814）状元及第，十二年举博学宏词科。历左右补阙。开成年间任温州刺史。官终左司郎中。在温州曾著《永嘉百咏》，大部分散佚，仅存十余首。

青岙山[1]

灵海泓澄匝翠峰，昔贤心赏已成空。[2]
今朝亭馆无遗制，积水沧浪一望中。[3]

（《唐五代诗全编》卷六六二）

注　释

[1]青岙山："岙"亦作"奥"。嘉靖《温州府志》卷二"青奥山"条载："在海中，两山如门，宋颜延之立亭于此观海。"或说即今洞头区大门岛与小门岛。大门水道为进出瓯江口的航行要道。　[2]灵海：大海。古人以为海中多灵怪异物，故称。泓澄：水深而清的样子。昔贤：指南朝诗人颜延之。相传颜延之曾任永嘉郡太守，并在青岙山修建望海亭。　[3]亭馆：指望海亭。据张又新诗可知，望海亭在唐代就已经不存在。2005年开始，洞头区于本岛烟墩山上重建望海楼，并设置

颜延之雕像、诗词碑廊、同辉亭、泓澄亭、心赏亭等景观。遗制：前代建筑物的规模形制。积水：厚积之水。指江海、湖泊或池沼。

赏 析

温州文化具有浓厚的海洋色彩，海岛开发历史悠久。颜延之在青岙山建望海亭的传说，就是海岛开发历史的反映。青岙山的环境如此灵奇幽丽，难怪颜延之当年会流连忘返。但传说中的望海亭已无迹可寻，留给张又新的只有一片浩瀚的大海。这首诗融合了游览与怀古的主题，首句与末句实写景致，与中间两句虚写历史形成对照，既轻盈又厚重。

大罗山[1]

越王曾保此山巅，杨仆楼船几控弦。[2]

犹有旧时悬冰在，鲛绡千尺玉潺湲。[3]

（《唐五代诗全编》卷六六二）

注 释

[1] 大罗山：位于温州市区，有仙岩、瑶溪、天柱寺、茶山四大景区。古名泉山。 [2] “越王”句：《汉书·朱买臣传》记“东越王居保泉山，一人守险，千人不得上”。杨仆：元鼎五年（前 112）拜楼船将军，击南越有功，封将梁侯。次年又与王温舒等击东越。控弦：引弓，

拉弓。借指弓手军士。 [3] 悬冰：一作“悬水”。鲛绡：传说中鲛人所织的丝绢、薄纱。用以比喻瀑布。大罗山瀑布以仙岩景区的龙须瀑、雷响瀑、梅雨瀑最为有名，三瀑从高到低，依次相接。玉潺湲：指流入溪潭的瀑水。玉喻水色。潺湲为水缓慢流动的样子，亦可指水流之声。

赏 析

东越是古越人的一支，相传为越王勾践的后裔。秦汉时期，活动于今浙江东南及福建一带，与秦汉王朝有过数次交锋。张又新即以这样的历史传说作为背景，增加了诗的人文内涵，引人遐想。后两句抓住大罗山最具特色的瀑布，刻画其奇丽的景色。短篇之中，前后写法互有变化，既有历史之波澜，又见山川之妍丽，增强了诗的艺术性。

韦　庸

韦庸，一作韦膺，京兆万年（今陕西西安）人。唐武宗会昌中任温州刺史。时州西北瞿溪、雄溪、郭溪之水常致水患，韦庸集众修筑堤堰，凿湖十里，引水灌溉田亩，州人称湖为会昌湖，堤为韦公堤。

丫髻岩[1]

丫髻山头残月，腊岩洞口朝阳。[2]

啼鸟唤人归去，此身犹在他乡。

（嘉靖《瑞安县志》卷九）

注　释

[1] 丫髻岩：在今瑞安市寨寮溪风景名胜区瑞鹿山。弘治《温州府志》卷三“瑞鹿山”条载：“有小山，名丫髻岩。”　[2] 朝阳：一作“斜阳”。

赏　析

丫髻山头残月将尽，腊岩洞口朝阳初升。诗人是站在丫髻岩和腊岩洞中间的某个位置上观察，还是有事早行，正由丫髻岩前往腊岩洞的方向？不断啼叫的鸟声，引起了诗人的羁宦之感、思乡之情。韦庸描写清晨所见丫髻岩的景色，宛然如画。本诗采用六言诗的形式，语调舒缓而不乏顿挫，又与所抒发的情绪天然配合，可谓情景具足。

明　张复　秋山行旅图（局部）

陈　陶

陈陶（约803—约858），字嵩伯，自号三教布衣，剑浦（今福建南平）人。曾游学长安，举进士不第，遂恣游山水，足迹遍及江南、岭南等地，曾至温州。后隐居洪州（今江西南昌）西山。工诗，后人辑有《陈嵩伯诗集》。

蒲门戍观海作[1]

廓落溟涨晓，蒲门郁苍苍。
登楼礼东君，旭日生扶桑。[2]
毫厘见蓬瀛，含吐金银光。[3]
草木露未晞，蜃楼气若藏。[4]
欲游蟠桃国，虑涉魑魅乡。[5]
徐市惑秦朝，何人在岩廊。[6]
惜哉千童子，葬骨于眇茫。
恭闻槎客言，东池接天潢。[7]
即此聘牛女，曰祈长寿方。[8]

灵津水浃浅，余亦慕修航。[9]

（《唐五代诗全编》卷七一四）

注　释

[1] 蒲门：在今苍南县马站镇。地处沿浦湾一角，为浙闽要冲，唐五代时期即设寨戍守。　[2] 东君：日神别名。扶桑：传说中的海外神木，为日所从出。　[3] 蓬瀛：蓬莱与瀛洲，传说中的海上神山。[4] 晞：晒干。蜃楼：海市蜃楼。由光线折射而产生的楼阁、城市等虚幻景象，古人以为是蜃（传说中的蛟属动物）吐气变幻所致。　[5] 蟠桃国：神仙国度。蟠桃，神话中的仙桃。魑魅：传说中山林间害人的精怪。　[6] 徐市：即徐福，秦方士。受秦始皇派遣，带童男女数千人入海求仙，去而不返。岩廊：高峻的廊庑，借指朝廷。　[7] 槎客：指乘木筏航行天河之人。晋张华《博物志》记载，天河原与大海相通，每年八月都有木筏往来。有胆大之人带上粮食乘坐木筏，经十余日，抵达牵牛星位置。东池：东海。天潢：天河，银河。　[8] 聘：聘问，访问。牛女：牛郎、织女。　[9] 灵津：天河，银河。浃：一作“清”，一说作“深”。修航：路途遥远的航行，长时期的航行。

赏　析

这是陈陶在蒲门戍观看海上日出的诗。日出东方，光芒吞吐，让诗人产生了种种幻觉，仿佛蓬莱、瀛洲就在眼前，海市蜃楼隐约可见。随即又联想起徐市入海求仙的故事。虽然明知世上没有不死之药，但听说东海与银河相通，仍不禁希望乘槎而上，去向牛郎、织女寻求长生不老的药方。

蒲门自古以来就是海防要地，设寨戍守。修建于明初的蒲壮所城是一座保存完整的明代所城，被列为全国重点文物保护单位。但陈陶在蒲门戍并没有感受到狼烟烽火的气氛，反而在观赏日出的壮丽景象时，浮想联翩，甚至萌生了长生求仙的想法。

明　仇英　观海图

方　干

方干（？—约888），字雄飞，门人私谥玄英先生，新定（今浙江建德）人。大和九年（835）曾干谒杭州刺史姚合。一生科举失意，后隐居会稽（今浙江绍兴）镜湖。著有《玄英集》。

题仙岩瀑布呈陈明府[1]

方知激蹙与喷飞，直恐古今同一时。
远壑流来多石脉，寒空扑碎作凌澌。[2]
谢公岩上冲云去，织女星边落地迟。[3]
聚向山前更谁测，深沉见底是澄漪。[4]

（《玄英集》卷九）

注　释

[1]仙岩：风景名胜区，在今温州市瓯海区。明府：汉魏以来对郡守牧尹的尊称，唐以后用以专称县令。仙岩在唐代属安固县，这里应指安固县令。　[2]石脉：山石的脉络纹理。凌澌：流动的冰凌。[3]谢公岩：此指仙岩。谢灵运曾游仙岩，有《舟向仙岩寻三皇井仙迹》诗。方干以仙岩为谢灵运旧游之处，故称。织女星边：指银河。织女

星与牛郎星隔银河相望，织女星旁边就是银河。　[4]澄漪：清波。

赏　析

温州瀑布以雁荡山大、小龙湫最有名，但若论历史，仙岩瀑布知名在大、小龙湫之前。唐德宗贞元年间任温州刺史的路应，写了一首长达十四韵的《仙岩四瀑布即事》诗分寄友朋，引起了中唐诗坛的一次盛大唱和。路应的原作和李缜、戴公怀、孟翔等人的和作，都收在《全唐诗》中。

方干的诗，犹如电影长镜头，将瀑布从飞落高崖到流出山前的全过程都拍摄了下来。首联写瀑水之壮，似乎从古至今没有一刻枯竭。中间二联写瀑布的姿态，着重写其变化：时而沿着涧壑奔流，时而在空中飞扬，时而像要冲霄而去，时而又如银河落地。经过百折千回，瀑水好像耗尽了能量，最终汇聚成了一潭清澈深沉、渊然渟蓄的清波。

宋　佚名　观瀑图

司空图

司空图（837—908），字表圣，自号知非子、耐辱居士，祖籍临淮（今安徽泗县），自幼随家迁居河中虞乡（今山西永济）。懿宗咸通十年（869）进士。僖宗时拜中书舍人。昭宗时以疾辞官，隐居中条山王官谷。朱温篡唐，闻哀帝被弑，不食而卒。著有《司空表圣诗集》《司空表圣文集》。

寄永嘉崔道融[1]

旅寓虽难定，乘闲是胜游。[2]

碧云萧寺霁，红树谢村秋。[3]

戍鼓和潮暗，船灯照岛幽。[4]

诗家多滞此，风景似相留。

（《司空表圣诗集》卷一）

注　释

[1] 崔道融：荆州（今湖北江陵）人。唐末避乱，隐遁永嘉，自号东瓯散人。后以征辟为永嘉令。与司空图、方干为诗友。《全唐诗》存其诗一卷。

[2] 胜游：快意游览。　[3] 萧寺：僧寺、寺院。梁武帝笃信佛教，

造寺院，命萧子云飞白大书“萧”字。后世遂称佛寺为“萧寺”。谢村：今谢池巷一带。相传谢灵运为永嘉郡太守，爱山水之美，创第凿池于积谷山下。卸任后，留其孙谢超祖居此。　[4]戍鼓：军营中的鼓声。

赏　析

这首诗和杜甫的《送裴二虬作尉永嘉》一样，虽然只是赠酬之作，但描写温州景物，鲜明生动，如在目前。尤其是中间二联，画面感十足。“碧云萧寺霁，红树谢村秋”，颇有杜牧《江南春》的风致；“戍鼓和潮暗，船灯照岛幽”，不仅抓住了温州作为海边江城的特点，而且隐约透露出唐末动乱的时局。尾联回到寄友主题，意谓从谢灵运开始，诗人多滞留于此，而此地风景绝佳，也特别适合像你这样的诗人居住。这当然是司空图对崔道融的安慰，但谁又能否认永嘉山水与诗人墨客的不解因缘呢？

宋元

吕夷简

吕夷简（979—1044），字坦夫，寿州（今安徽凤台）人。咸平三年（1000）进士，多次拜相，是仁宗朝重要的政治人物。谥文靖。有文集，已佚。

忆游雁山

往年游海峤，上彻最高层。[1]

云外疑无路，山中忽见僧。

虎蹲临涧石，猿挂半岩藤。

何日抛龟纽，孤峰卜再登？[2]

（《广雁荡山志》卷二〇）

注　释

[1] 海峤：海边多山之地。　[2] 龟纽：龟形印纽，代指官印。

赏　析

吕夷简曾游览雁荡山，不知在何时。多年之后，高峻的雁荡山中，云雾缭绕的山径、不期而遇的山僧、岩藤上的猿猴，在他的记忆里都还那么鲜活。每一想起，就让他怦然心动，产生挂冠而去，再探孤峰的念头。能让吕夷简如此念念不忘，可见雁荡山的魅力。

明 叶澄 雁荡山图（局部）

梅尧臣

梅尧臣（1002—1060），字圣俞，世称宛陵先生，宣州宣城（今安徽宣城）人。皇祐三年（1051）得宋仁宗召试，赐同进士出身。曾官国子监直讲、都官员外郎，世称“梅直讲”“梅都官”。与苏舜钦齐名，时号“苏梅”，又与欧阳修并称“欧梅”。诗主平淡，对宋代诗风产生深远影响，被刘克庄誉为宋诗“开山祖师”。著有《宛陵先生文集》。

和正月六日沈文通学士遗温柑[1]

禹书贡厥包，未知黄柑美。[2]

竞传洞庭熟，又莫永嘉比。[3]

适观隐侯诗，获此殊可喜。[4]

诵句擘露囊，香甘冷熨齿。

明朝锁礼闱，何暇醉邻里？[5]

（《宛陵先生文集》卷五一）

注　释

[1] 此诗作于嘉祐二年（1057）。这一年欧阳修受命知贡举，梅尧臣任参详官。正月初入闱，诗作于入闱前。沈文通：即沈遘，字文通，钱塘（今浙江杭州）人。嘉祐间迁龙图阁直学士，复拜翰林学士，判流内铨。　[2]“禹书”句：《尚书·禹贡》曰“厥包橘柚，锡贡”。[3] 洞庭：洞庭山，在太湖中，有东西二山，所产柑橘为名品。　[4] 隐侯：即沈约，南朝著名史学家、文学家。沈约与沈遘同姓，且写有《园橘》诗，这里用典极为妥帖巧妙。　[5] 礼闱：礼部举行的科举考试。宋代科举考试时封锁考场以求公正，考生与考官皆不得出入。“何暇”句：南朝宋戴颙有“双柑斗酒”的故事，古人诗词往往用此典故，而以柑酒并言。唐冯贽《云仙杂记》引《高隐外书》：“戴颙春携双柑、斗酒，人问何之，曰：‘往听鹂声。此俗耳针砭，诗肠鼓吹，汝知之乎？’”

赏　析

温州所产柑橘，因形色味俱佳，唐宋时期被列为贡品。宋韩彦直《橘录》言“黄橘擅美于温”，张世南《游宦纪闻》更有“永嘉之柑，为天下冠”的评价。时至今日，瓯柑仍是温州知名特产。梅尧臣得到友人惠赠的温柑，郑重其事地作诗感谢。其诗多用侧笔，正面实写的仅有“香甘冷熨齿”五字，然而这五字既写温柑之香气、味道，又写品尝时口舌之触感。诗的结尾想到与邻里分享，不但曲尽人情，更倍见对友人馈赠的珍重之意。

宋 佚名 香实垂金图

林　石

林石（1004—1101），字介夫，人称塘奥先生，瑞安（今浙江瑞安）人。终身不仕，隐居授徒，以明经笃行著称于世，与王开祖、丁昌期合称“皇祐三先生”。对永嘉学者周行己、许景衡等人颇有影响。著有《三游集》。

梅雨潭忆旧游[1]

去夏曾同潭上游，荫松坐石濯清流。
论文声杂飞泉响，话道心齐邃谷幽。
盛事忽思寻旧好，烦襟顿觉似新秋。
也知人世多余暇，能更重为胜赏不？

（《东瓯诗存》卷一）

注　释

[1] 梅雨潭：在仙岩景区，今属瓯海区。朱自清先生的散文名篇《绿》，即作于此。

赏　析

这首诗前半皆在“忆旧游”。去岁夏日与友人同游梅雨潭，一面坐在松荫下的石头上，濯足于清澈的溪流之中，一面谈诗论文，探讨经学。既能各抒己见，又能心意相通。颈联结束回忆，转回当下。想起与友人共度的美好时光，竟能使他暂时忘却心中的烦恼，仿佛置身于初秋新凉之中。诗人不禁感慨，人生在世，理论上是有很多闲暇时光的，然而真能与友人相聚畅谈，又是多么难得且珍贵。林石貌似在回忆旧游，实际上是在追忆友人，品味友情，可见其对友情之珍视。

赵　抃

赵抃(1008—1084),字阅道,号知非子,衢州西安(今浙江衢州)人。宋仁宗景祐间进士。神宗时,擢参知政事,以反对青苗法去位。外知杭、青等州。元丰二年(1079),以太子少保致仕。其子岏通判温州,作戏彩堂以迎养。卒谥清献。著有《赵清献公文集》。

自温将还衢郡题谢公楼[1]

雁荡周游遂此过,永嘉人物竟如何。
三贤籍籍风流守,一宿匆匆证道歌。[2]
城脚千家具舟楫,江心双塔压涛波。[3]
因留子舍欣逾月,归去吾知所得多。[4]

(《赵清献公文集》卷四)

注　释

[1]谢公楼:南朝宋谢灵运出任永嘉郡太守时,曾在拱辰门上建楼游憩,后人称为"谢公楼"。北宋时,谢公楼建于朔门城墙之上,是当地的标志性建筑。　[2]"三贤"句:指东晋南朝时期永嘉郡三位名太守孙绰、谢灵运与颜延之。赵抃自注:"孙兴公、谢康乐、颜[延]之,

皆古之贤守也。”“一宿”句：指唐代温州高僧玄觉至曹溪向六祖慧能求取印证，一宿悟道的故事。证道歌，玄觉所著禅宗歌诀，唐宋时广为流传。赵抃自注：“予登无相禅师阁，亦尝撰赞，留于塔下。”无相禅师，即玄觉，永嘉（今浙江温州）人，俗姓戴。赴曹溪参访六祖慧能，留住一宿，悟道而归，时称“一宿觉”。圆寂后，唐宪宗敕令在松台山造塔，至唐僖宗时塔成，名“净光塔”。赵抃在温州时，曾至松台山凭吊玄觉遗迹。　[3]“城脚”句：古代温州城内沿街皆有河道与之平行，家家户户，皆可乘舟出行。“一渠一坊，舟楫毕达，居者有澡洁之利，行者无负戴之劳”，极为便利。城内河道通过水门与城外塘河相连，通江达海，水运发达。赵抃自注：“郡里外通江海，民间悉置船舫，尤便出入。”江心双塔：江心屿有东西两峰，东为象岩，西为狮岩，上建东西二塔，为来往瓯江的船只引导航向。　[4]子舍：这里应指其子赵屼官署。

赏　析

赵抃在温州逗留了一个多月，回衢州之前，登上谢公楼题诗留别。楼因谢灵运得名，赵抃因而遥想六朝风流，回望了历史上三位永嘉郡贤太守。考虑到赵屼正在温州为官，赵抃此诗可能也含有勉励儿子向前代名贤看齐的意思。谢公楼在温州北城墙上，俯瞰瓯江，舟楫密布，江心双塔巍然矗立。温州城一派繁忙的商港景象，给赵抃留下了深刻印象，让他写出了“城脚千家具舟楫，江心双塔压涛波”的警句。这一个多月，赵抃既饱享天伦之乐，又遍览温州风光，他的内心显然是非常满意的。

清　胡宝仁　东瓯古境图（局部）

杨 蟠

杨蟠，字公济，号浩然居士，临海章安（今属台州）人。庆历六年（1046）进士，为密、和二州推官，历光禄丞、太子中允等职。绍圣二年（1095）知温州，在任二年，作《永嘉百咏》。著有《章安集》。

永 嘉

一片繁华海上头，从来唤作小杭州。
水如棋局分街陌，山似屏帏绕画楼。
是处有花迎我笑，何时无月逐人游？
西湖宴赏争标日，多少珠帘不下钩。[1]

（弘治《温州府志》卷二二）

注 释

[1] 西湖：此指会昌西湖。会昌湖在温州城西南，唐代会昌年间开浚，湖分西湖、南湖。争标：争夺锦标。宋代温州常在会昌湖举行龙舟竞渡，争夺锦标。

赏　析

宋代温州城市的繁荣，很大程度上要归功于海上贸易。杨蟠开篇就以“海上繁华”来形容温州城市的特点，可谓十分准确。颔联描写温州城中水如棋局，山似屏帏，比张子容《永嘉即事》“山绕楼台出，溪通里闬斜”一联更形象。颈联以花、月分写昼夜之景，加深了人们对温州城市繁华的感受。尾联以会昌湖龙舟竞渡作结，非但余势不衰，反而有推波助澜之妙。

杨蟠的这首诗全面生动地描绘了温州城市的繁华景象，至今仍被广泛传诵。

海神显相庙 [1]

州守一区宅，四山为四邻。

二年知我者，惟有此山神。

（弘治《温州府志》卷二二）

注　释

[1] 海神显相庙：在温州市区海坛山上。唐咸通二年（861）建成，居民祠海神以镇飓风。

赏　析

温州的海神、水神信仰特别发达。海坛山上的海神庙，据说原来只是一座无名小庙。相传宋哲宗元祐五年（1090），温州知州范峋梦见海神来访，自言姓李，为唐武宗时宰相。范峋疑其是李德裕，遂重建新庙，祭祀日盛。杨蟠来任知州，在范峋重建海神庙后不久。古代官员往往利用神灵推行政治教化，同时也认为自己的行为需要向神灵负责。杨蟠任温州知州，改造街道，鼓励农桑，扩大贸易，整顿市场。在他治下，温州城市呈现出富裕繁荣的景象。杨蟠认为，海神是能够看到自己的勤政之心的，自己的所作所为也一定得到了海神的保佑。

宋　海神庙残碑

瑞鹿山[1]

千年白鹿地，今有佛楼台。

昨日到山下，衔花犹出来。

（弘治《温州府志》卷二二）

注　释

[1] 瑞鹿山：山名。在今瑞安市寨寮溪风景名胜区内。

赏　析

如果要评选温州的吉祥物，那一定非白鹿莫属。温州多地都流传着白鹿衔花的传说。据说东晋郭璞筑永嘉郡城时，出现了白鹿衔花之瑞，所以温州城又叫鹿城。而以“瑞鹿”为名的，有雁荡山的瑞鹿寺和瑞安的瑞鹿山。但所有传说中的白鹿、神鹿，可能都没有人目睹过。杨蟠“昨日到山下，衔花犹出来”，是真的遇到了白鹿呢，还是又制造了一个神话呢？

当然，白鹿的出现属于吉祥的象征。一个地方官能在他的治域内看到白鹿衔花的祥瑞，无疑是民心天意对其治理成绩的肯定和褒奖。

晁端彦

晁端彦（1035—1095），字美叔，其先清丰（今属河南）人，后徙彭城（今江苏徐州）。嘉祐四年（1059）进士（一说嘉祐二年进士）。熙宁七年（1074），以都官员外郎提点淮南东路刑狱，徙两浙路。

丹霞山磨崖[1]

白鹤山头飞瀑，玉箫峰顶生烟。[2]
溪上空闻流水，竹间不见真仙。[3]

（《东瓯金石志》卷四）

注　释

[1] 此诗刻于乐清丹霞山白鹤寺张文君丹炉左前崖壁，四行，行十字，诗后镌有“熙宁八年闰四月十二日晁端彦美叔题”十六字。时晁端彦以提点两浙刑狱，按部至温州。　[2] 玉箫峰：即箫台山。相传周灵王太子晋曾坐山中石台上吹箫，故名。其位置在丹霞山南面，与丹霞山隔金溪相望。　[3] 溪：指金溪。“竹间”句：永乐《乐清县志》载张文君得道，乘白鹿入竹仙去。

赏 析

这是一首六言诗，节奏平和，变化不多，善于并列呈现与静态描绘，具有雍容淡雅的独特韵味。丹霞山又名白鹤山，山头双瀑如白鹤翔舞。对面箫台峰顶，烟霞袅袅而生。人行山中，只听溪流声响；竹林茂密，难觅修真仙人。后两句颇有唐诗“空山不见人，但闻人语响”的韵味。原诗刻于崖壁，诗意融入周围景色，相互映衬，相得益彰。

明　吴彬　仙山高士轴（局部）

苏　轼

苏轼（1037—1101），字子瞻，号东坡居士，眉州眉山（今四川眉山）人。嘉祐二年（1057）进士。宋神宗时，曾在杭州、密州、徐州、湖州等地任职。元丰三年（1080），因“乌台诗案”贬黄州团练副使。哲宗即位，擢兵、礼部尚书，历知杭、颍、扬、定等州。新党执政后，贬惠州，再贬儋州。徽宗时获赦北还，病逝于常州。南宋时追谥文忠。苏轼在诗、词、文、书、画等方面都取得突出成就，是宋代文学、艺术的代表人物。著有《东坡七集》《东坡乐府》等。

次韵周邠寄雁荡山图二首（其一）[1]

指点先凭采药翁，丹青化出大槐宫。[2]

眼明小阁浮烟翠，齿冷新诗嚼雪风。

二华行观雄陕右，九仙今已压京东。[3]

此生的有寻山分，已觉温台落手中。

（《东坡七集》卷七）

注　释

[1]周邠：苏轼友人。　[2]“丹青”句：谓披览周邠所寄雁荡山图，

恍如梦游大槐安国。大槐宫，用“南柯一梦”故事。唐李公佐《南柯太守传》记淳于棼梦游大槐安国，被招为驸马，拜南柯太守，享尽荣华富贵。梦觉，乃知所游为宅南大槐树下一蚁穴。　[3]二华：太华山（华山）与少华山，皆在今陕西省境内。九仙：山名。在密州（今山东诸城）。苏轼时为密州知州。京东：京东路，为宋初所定十五路之一，密州属京东路。熙宁七年（1074）分京东路为京东东路、京东西路，密州复属京东东路。

赏　析

苏轼任杭州通判时，曾与周邠相伴近三载，结下了深厚友谊。苏轼此时已在密州，周邠为乐清县令，仍寄雁荡山图供苏轼玩赏，并附上所作新诗。苏轼看到画后，次韵和作。苏轼并没有详细描摹画中的雁荡风光，只用“眼明小阁浮烟翠”一句带过。而将更多的笔墨用来列举自己游历过的太华山、九仙山等名山。苏轼热爱山水，自认为与山水有缘。当他看到雁荡山图时，对温、台二州的奇丽山水不由得心生向往，而对周邠能亲临其地，亲览其胜，更是羡慕不已。可惜的是，苏轼这位名垂万世的大文豪，与雁荡这座东南名山，终究缘悭一面！

苏　辙

苏辙（1039—1112），字子由，号颍滨遗老，眉州眉山（今四川眉山）人。苏洵子，苏轼弟。嘉祐二年（1057）进士。官至尚书右丞、门下侍郎。因上书谏事被贬，以太中大夫致仕。追谥文定。与父、兄合称“三苏”，俱被列入“唐宋八大家”。著有《栾城集》。

寄题赵屼承事戏彩堂[1]

春晚安舆遍浙东，永嘉别乘喜无穷。[2]

橐装已笑分诸子，吏道何劳问薛公。[3]

堂上寿樽诸掾集，室中禅论衲僧通。[4]

兴阑却返林泉去，幕府长留孝弟风。[5]

（《栾城集》卷一一）

注　释

[1]赵屼：赵抃次子，字景仁。熙宁六年（1073）进士。元丰中任温州通判。承事：承事郎。文散官名，宋始置。戏彩堂：赵屼迎养其父于温州官署，取老莱子彩衣娱亲之意，名所居宅堂曰“戏彩堂”。　[2]安舆：安车。古代一种小车，因可坐乘，故名。《礼记·曲礼上》：“大

夫七十而致事……适四方，乘安车。”高官告老还乡，往往赐乘安车。别乘：别驾的别称。汉制，州刺史的佐官称别驾。宋代通判之职近于汉代的别驾从事史，故沿作通判之别称。 [3]“橐装”句：这句是说赵抃的儿子皆已成家，家财也已分割清楚。橐装，囊中之物。借指所积蓄的财物。“吏道”句：《汉书·薛宣传》记薛宣子惠自知治县不称宣意，使门下掾问宣不教戒惠吏职之意。宣笑曰：“吏道以法令为师，可问而知。及能与不能，自有资材，何可学也？”薛公，即薛宣，西汉著名官吏。 [4]寿樽：祝寿的酒樽。掾：古代属官通称。这里指通判的属员。 [5]林泉：山林与泉石。借指隐居之地。幕府：旧时军政官僚的府署。这里指温州通判官署。

赏 析

赵屼任温州通判时，恰逢其父赵抃致仕，赵屼授浙地官职，以便就近照顾父亲。赵屼为尽孝心，将父亲迎接至温州官署侍养，并将官署宅堂命名为“戏彩堂”。苏辙闻讯，寄诗称颂。开篇写暮春时节，赵抃在浙东秀丽的山水中一路游玩南行，在温州见到父亲的赵屼欢喜无限。没有公事、家事缠身的赵抃，一身轻松，在戏彩堂中和儿子的僚属们欢聚一堂，接受众人的祝寿，又和当地的高僧谈禅论道。赵屼以戏彩堂迎养老父，成为千古美谈。温州通判厅中的戏彩堂虽然古迹不存，却不断出现在后人的诗词题咏中。苏辙诗云“幕府长留孝弟风”，充满了预见性。

周　邠

周邠，字开祖，钱塘（今浙江杭州）人。嘉祐八年（1063）进士。熙宁间，苏轼倅杭，多与酬唱。曾任乐清县令。官至朝请大夫、上轻车都尉。

箫台山

簇簇峰峦遍四围，神仙旧隐叹今非。
溪中不见金沙出，山外空惊白鹤飞。[1]
石上瀑泉清照眼，竹间岚气冷侵衣。[2]
玉箫声断人何处，千古烟云锁翠微。[3]

（永乐《乐清县志》卷二）

注　释

[1] 白鹤：语意双关，明指仙鹤，暗指白鹤山。白鹤山又名丹霞山，在箫台山北面，与箫台山隔金溪相望。　[2] 瀑泉：此应指白鹤瀑。岚气：山中雾气。　[3] 翠微：青翠的山气，也指青山。

赏 析

乐清于东晋宁康二年（374）建县，原名乐成。县名即得自王子晋吹箫的传说。就此而言，箫台山算得上是乐清的发祥之山。

此诗首联以“神仙旧隐”点题，而“叹今非”三字寄慨遥深。颔联“不见”“空惊”四字进一步传达了物是人（仙）非、山空人（仙）不见的惆怅。颈联写景清新，瀑泉清澈见底，竹间雾气沁人心脾，这些细节增强了诗境的幽深与宁静。尾联回到箫台故事，紧扣本题，而“千古烟云锁翠微”又与首句“簇簇峰峦遍四围”遥相呼应。四围山色缭绕千古烟云，时空交融，人神相望，更把诗意渲染得惝恍迷离，引人入胜。

晁补之

晁补之（1053—1110），字无咎，号归来子，济州巨野（今山东巨野）人。早年侍父宦游杭州，携文谒苏轼，深得嘉许。元丰二年（1079）进士。历官太学正、著作佐郎、礼部郎中、国史编修、实录检讨官等。徽宗大观末起知泗州，卒于任所。与黄庭坚、秦观、张耒并为“苏门四学士”。著有《鸡肋集》《晁氏琴趣外篇》。

洞仙歌

温江异果，惟有泥山贵。[1] 驿送江南数千里。半含霜、轻噀雾，曾怯吴姬，亲赠我，绿橘黄柑怎比。[2]　　双亲云水外。陆子空怀，惆怅无人可归遗。[3] 报周郎、须念我，物少情多，春酒醒，独胜甜桃醋李。况灯火楼台近元宵，似不减年时、袖中香味。

（《全芳备祖后集》卷三）

注 释

[1]温江：此应泛指温州。泥山：今苍南县宜山镇。 [2]“半含霜”句：改写自苏轼《浣溪沙·咏橘》“香雾噀人惊半破，清泉流齿怯初尝。吴姬三日手犹香”。噀，含在口中而喷出。 [3]陆子：指陆绩，三国吴郡吴县（今江苏苏州）人。陆绩幼时见袁术，将三枚橘子藏于怀中，拜别时被袁术发现。陆绩解释称是带回家给母亲吃的，因此有孝名。

赏 析

温州的柑橘作为馈赠佳礼，在宋代士人的交往中扮演了重要的角色。晁补之这首《洞仙歌》也是感谢友人赠柑之作。宋代温州柑橘，以泥山所产最为珍贵。韩彦直《橘录》载：“温四邑之柑，推泥山为最。泥山地不弥一里，所产柑其大不七寸围，皮薄而味珍，脉不黏瓣，食不留滓，一颗之核才一二，间有全无者。”晁补之得到的就是泥山之柑，其美味让他想像陆绩那样带给父母分享。这首词将地域风物、友人情谊与个人怀抱巧妙地融合在一起，是难得的咏柑佳作。

周行己

周行己，字恭叔，号浮沚，永嘉（今浙江温州）人。早年入太学，从二程游。元祐六年（1091）进士。以亲老归教乡里，诏授州学教授。后罢官，自筑浮沚书院，传授伊洛之学。其教学活动对温州乃至浙江学术发展颇有影响。著有《浮沚集》。

和郭守叔光绝境亭[1]

云横绝尘境，峻堞若绳削。
群山列培塿，众水分脉络。[2]
下瞰万瓦居，缥缈见楼阁。
松风发天籁，泠然众音作。
皛皛天宇净，尘襟一澄廓。[3]

（《浮沚集》卷八）

注 释

[1] 郭叔光：名敦实，明州奉化（今浙江宁波）人。元符三年（1100）进士。大观四年（1110）任温州知州。绝境亭：周行己所筑之亭，故

址在今温州市区积谷山。 [2] 培塿：小土山。 [3] 皛皛：洁白明亮的样子。

赏 析

周行己建东山堂于积谷山下，又建绝境亭于积谷山上，读书览胜，各得其所。

首句点明绝境亭的名义。亭在积谷山顶，可以俯瞰沿山修筑的城墙。城内外其余的几座山，看起来就像是小土丘。蜿蜒曲折、四通八达的河道，脉络分明，一览无余。“下瞰万瓦居，缥缈见楼阁”，市井繁华，尽收眼底。倾耳听松风，举头望天宇，让人不禁心胸开阔，心境澄明。这样一个仰观俯察的好去处，怪不得能吸引郭敦实这样的州郡长官来登临览胜！

清　胡宝仁　东瓯古境图（局部）

许景衡

许景衡（1072—1128），字少伊，世称横塘先生，瑞安白门（今属温州市瓯海区）人。早年从学程颐。元祐九年（1094）进士。宣和二年（1120）除殿中侍御史，以忤王黼去官。钦宗召为左正言，改太常少卿，迁中书舍人。高宗即位，除御史中丞，拜尚书右丞，为黄潜善等排沮，罢为资政殿大学士、提举杭州洞霄宫。至京口（今江苏镇江），中暑而卒，谥忠简。著有《横塘集》。

横　塘[1]

春日横塘绿渺漫，扁舟欲去重盘桓。[2]

谁教向晚廉纤雨，又作残春料峭寒。[3]

（《横塘集》卷六）

注　释

[1] 横塘：许景衡家乡地名。在今温州市瓯海区丽岙街道姜宅村。

[2] 渺漫：广远。盘桓：徘徊，逗留。

[3] 廉纤：微小、纤细，形容细雨。料峭：形容微寒，多指春寒。

赏析

温瑞塘河纵贯温瑞平原，许景衡的家乡差不多就在温瑞塘河的中间点上，横塘也是塘河的一小段。“七铺塘河”哺育出了秀美的水乡风光，许景衡的诗笔正形象地描绘出了这幅水乡风光图。

诗人在暮春时节泛舟横塘，陶醉于眼前的景色。为了在春天离去之前充分享受熟悉而美丽的家乡风光，他徘徊不忍离去。可惜天公不作美，到了傍晚时分，竟然下起了绵绵细雨，带来了一阵料峭的寒意。通过一天之内天气与景物的变化，诗人内心的情感得到了细腻的传达。诗歌语言清新流动，反复品读，回味无穷。

宋　佚名　柳塘寻句图

陈经正

陈经正，字贵一，温州平阳人。未出仕，布衣终身。与弟经邦、经德、经郛俱承二程之学。尝谓“盈天地间皆我之性，不复知我之为我”。《宋元学案》谓平阳学统始于先生兄弟。著作未传于世，存诗一首。

游南雁[1]

雨晴华表插天孤，雾散丹霞落雁湖。[2]
深洞不知红日过，危峰常倩白云扶。[3]
仙家莫漫夸蓬岛，胜地分明入画图。[4]
山鸟罔知人未醒，隔林款款唤提壶。[5]

（《东瓯诗存》卷一）

注　释

[1] 南雁：指平阳县南雁荡山。以秀溪、幽洞、奇峰、景岩、银瀑、石堑等自然风光而闻名遐迩。分东西洞、顺溪、明王峰、碧海天城、赤岩山五大景区。景色雄奇，蔚为壮观。　[2] 华表：古代设在桥梁、宫殿、城垣等前的巨大柱子，有装饰等作用。此处喻指南雁荡山东洞

顶上的华表峰。雁湖：在南雁荡山明王峰顶。相传五代末，愿齐和尚寻访诺矩罗遗址，至明王峰顶，见一湖荡，以为即佛经所说的雁荡龙湫，就在当地结茅安居。吴越王钱俶为建普照道场，以平阳县赋税供养。 [3]倩：请托。 [4]蓬岛：即蓬莱山，古代传说中的神山。常泛指仙境。 [5]提壶：提壶鸟的叫声，似劝人买酒的“提壶芦”。宋王禹偁《初入山闻提壶鸟》：“迁客由来长合醉，不烦幽鸟道提壶。”

赏 析

说到雁荡山，人们首先想到的往往是位于乐清的北雁。实际上，平阳的南雁荡山以及介于二者之间的中雁荡山（即乐清白石山）也都是风景秀丽的旅游景区。

陈经正曾在南雁荡山隐居治生，读书讲学。南雁荡山的会文书院，据说就是他当年读书讲学的地方。南雁荡山于他是最熟悉的景致，也是最具诗意的栖居地。此诗便记述了他在南雁的游览经验和生活记忆。前二联从不同层面描绘南雁胜景：锐峰叠嶂，洞穴深窈；雨晴则壮美，雾散自清新；雄奇幽秀兼备，晴姿雨态皆美。南雁荡山的千姿百态，可谓囊括殆尽，游赏其间，如登仙境，如入画中。诗在山鸟亲切谐美的“提壶”声中结束，诗人亦在家山的怀抱中获得心灵的安顿。

此予應少文作會文閣舊句今復索書楹帖竊思為後
伊洛微言持敬始
生說法無過此二語者而第二句尤為當頭一棒有志者善自為之
永嘉前輩讀書多
光緒壬辰初春孫衣言書時年七十有八
清　孙衣言　会文书院对联

陈与义

陈与义（1090—1139），字去非，号简斋，洛阳（今属河南）人。政和三年（1113）登上舍甲科。曾为太学博士。南渡后，历官中书舍人、参知政事，以资政殿学士知湖州。陈与义在诗歌上成就很高，被后人尊为江西诗派“三宗”之一。著有《简斋集》。

泛舟入前仓[1]

曾鼓盐田棹，前仓不足言。[2]
尽行江左路，初过浙东村。[3]
春去花无迹，潮归岸有痕。
百年都几日，聊复信乾坤。

（《简斋集》卷九）

注 释

[1] 前仓：今平阳县钱仓镇。宋时为温州境内的重要市镇。 [2] 盐田：今福建省霞浦县盐田畲族乡。 [3] 江左：横阳江东面。陈与义自福建进入平阳县境，沿横阳江东面走横阳古道，而后换成水路，乘船抵达前仓。

赏 析

陈与义在靖康之乱中万里南奔，颠沛流离，经湖北、湖南、广东、福建，辗转入浙。其自闽入浙，先经平阳，乘舟抵达前仓。相对于盐田，前仓的水路显然要安稳得多。因为前仓是陈与义进入浙江的第一站，所以颔联云“初过浙东村”。颈联“春去花无迹，潮归岸有痕”，既是诗人所观察到的眼前景物，又蕴含了世事变迁、万物推移的哲理。由此引出尾联“百年都几日，聊复信乾坤”，进一步呈现了诗人久经漂泊后的心境。人生苦短，百年无几，不如一切听从老天安排，信步向前，任意东西。这首诗让我们看到了一个历经世乱的大诗人，在浙闽古道上一路行走，一路沉思的身影。

钱文婉

钱文婉，乐清（今浙江乐清）人。工诗。约生活于南北宋之间。

白石山[1]

两道蟠溪锁碧山，飘如仙带绿回环。[2]
千岩林树沟渠下，万顷桑田指掌间。
霜月天边清兴远，金钟雾里梦魂闲。
夕阳归步饶仙骑，懒拂烟萝下玉关。[3]

（《乐清诗征》）

注 释

[1] 白石山：以山石皆白而得名，在今乐清市。因其位于乐清市北雁荡山与平阳县南雁荡山之间，故又称中雁荡山。以拔地而起、高耸云天的玉甑峰最为壮观。　[2]“两道”句：白石山有东西两道溪流，在白石湖汇合后，复沿山远出，流入运河。　[3] 烟萝：草木茂密，烟聚萝缠。

赏析

此诗描写作者在白石山上所见之景色，采用俯瞰与远眺的视角。只见两条盘曲的溪流环绕在山下，峰头的林木一一倒映在沟渠之中，从山脚向海滨延伸开去的是万顷塘堰围田。颈联由实转虚，营造出清冷高远的意境。结尾处写夕阳下兴尽下山，一行人仿佛神仙从仙宫下凡，披拂开藤萝云雾，缓缓而归。

明　唐寅　层岩策杖图（局部）

王十朋

王十朋（1112—1171），字龟龄，号梅溪，乐清（今浙江乐清）人。绍兴二十七年（1157）状元及第，官秘书郎。因力主抗金，遭主和派排斥，离京归里。孝宗即位后，历官国史院编修、起居舍人、侍御史，又出知饶、湖等州，政绩卓著。官至龙图阁学士。追谥忠文。王十朋是南宋名臣，以名节闻名于世。著有《梅溪集》。

驾幸温州次僧宗觉韵[1]

圣主南巡驻六飞，邦人咫尺见天威。[2]
间关高帝尚鞍马，谨厚汉光犹绛衣。[3]
北斗城池增王气，东瓯山水发清辉。[4]
伫看天仗还京阙，无复旄头彗紫微。[5]

（《梅溪先生文集·诗文前集》卷一）

注释

[1]僧宗觉：宗觉，字无象，俗姓郑，乐清（今浙江乐清）人，明庆院僧。戒律甚严，尤善诗文，所著有《箫峰集》。王十朋《寄僧觉无象》诗谓“吾生恨太晚，见师已白头”，二人年龄相差较大，为忘年交。　[2]六

飞：指天子车驾。天子的车驾六马，疾行若飞，故名。邦人：乡里之人。这里指温州的百姓。天威：帝王的威严。　　[3]间关：道路崎岖难行。高帝：汉高祖刘邦。这里借指宋高宗。鞍马：鞍子和马，借指骑马或战斗的生活。汉光：汉光武帝刘秀。这里也是借指宋高宗。绛衣：深红色的衣服。古代军服常用绛色，故借指军服。　　[4]“北斗”句：相传温州城内外诸山错落，形如北斗，故名“斗城”。原注：“温城七山成斗形。”王气，帝王气象。清辉：清澈明亮的光辉，多指日月之光。相传宋高宗驻跸江心普寂禅院时，曾御书“清辉”“浴光”。[5]天仗：天子仪仗。京阙：京城、皇宫。旄头彗紫微：喻指金兵侵宋。旄头，星名，即昴宿。古人以为旄头星特别亮的时候，预兆有战争发生。紫微，星官名，即紫微垣，在北斗以北，古人以为象征皇宫。

宋　赵构　宋高宗题“清辉”匾额

赏析

建炎四年（1130）正月，宋高宗为避金兵追杀，航海来温。二月驻跸江心屿，后移跸城内，三月十八日离温，前后停留近两月。宋高宗驻跸在当时被温州人视作莫大的荣耀。王十朋此诗就是对这一历史事件的记录。

首联描写高宗驾临温州和当地官民迎驾的场景。弘治《温州府志》载："御驾自拱北门入，民家门首皆彩额，焚香奉迎，至永宁桥，百官、万姓、父老拜伏道傍，山呼震地。"其描写可与王诗相印证。颔联颂扬汉高祖刘邦和光武帝刘秀的功绩，希望高宗能如前代贤君，成就中兴之业。颈联称美高宗驻跸对温州的意义。最后祝愿高宗早日回銮，不再发生金兵犯阙之事。整首诗颂谏并存，一片赤诚。

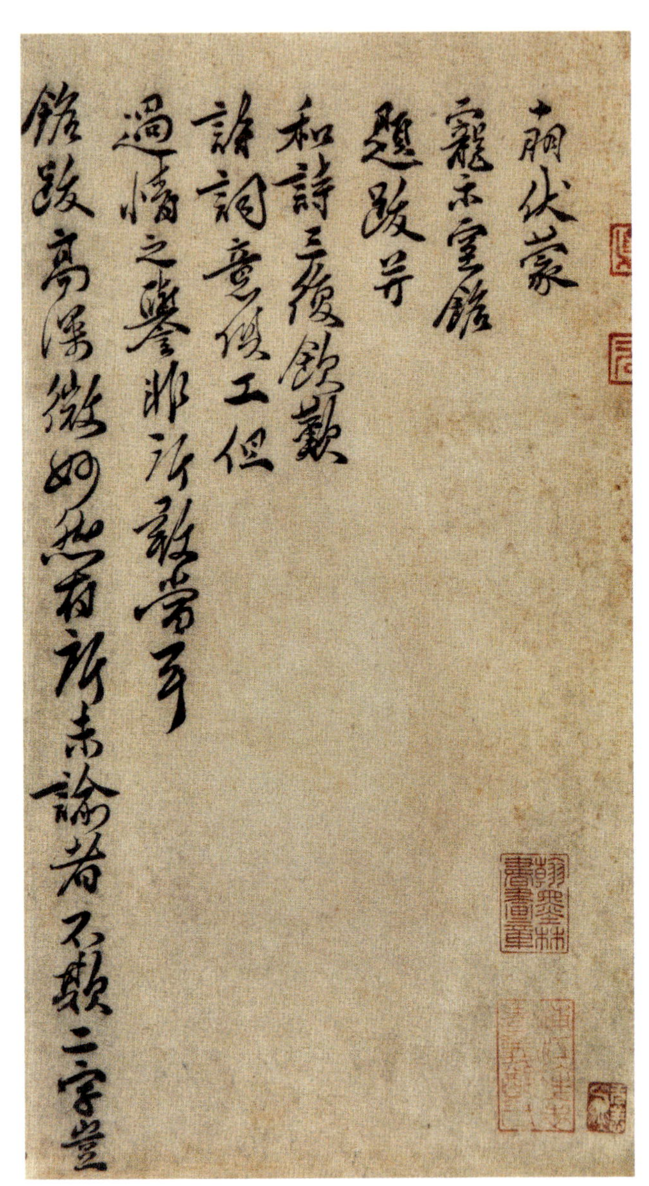

宋　王十朋　宠示帖（局部）

甄龙友

甄龙友，后改名良友，字云卿，温州永嘉（一作乐清）人。绍兴二十四年（1154）进士，官国子监簿。工诗文，以《易》名家，滑稽有辩才。与时贤薛季宣、楼钥诸人交游唱和。作品流传极少，《全宋词》辑得其词四首，《全宋诗》录其诗八首。

贺新郎 端午[1]

思远楼前路。[2]望平堤、十里湖光，画船无数。绿盖盈盈红粉面，叶底荷花解语。[3]斗巧结、同心双缕。[4]尚有经年离别恨，一丝丝、总是相思处。相见也，又重午。　清江旧事传荆楚。[5]叹人情、千载如新，尚沉菰黍。[6]且尽尊前今日醉，谁肯独醒吊古？泛几盏、菖蒲绿醑。[7]两两龙舟争竞渡，奈珠帘、暮卷西山雨。[8]看未足，怎归去？

（《全宋词·甄龙友》）

注　释

[1]或谓刘克庄作此词（见《草堂诗余》卷四、《花草粹编》卷二四、《词综》卷一四等），然词中思远楼、西山等景物皆在温州，刘克庄生平未至温州，恐不能作此。宋周密《齐东野语》卷一三“甄云卿”条载：“竞渡日，着彩衣立龙首，自歌所作‘思远楼前’之词，旁若无人。”唐圭璋先生据以断为甄龙友作，今从之。　[2]思远楼：在会昌西湖北岸城上。北宋至和间温州知州刘述建。面对西山群峰，下瞰会昌湖。每岁端午，则观竞渡于楼上。　[3]叶底荷花：喻游女。画船穿梭于荷叶之间，游女之面姣美如荷花。　[4]同心双缕：用五色线双股拧成。旧时端午，童子以五色线系臂。　[5]荆楚：即楚，古国名。荆为楚之别称。　[6]菰黍：即粽子。《太平御览》引《风土记》：“俗以菰叶裹黍米，以淳浓灰汁煮之，令烂熟，于五月五日及夏至啖之。一名粽，一名角黍。”　[7]菖蒲绿醑：即菖蒲酒。《北堂书钞》引《岁时记》：“端午，以菖蒲或缕或屑泛酒。”绿醑，即绿酒，指美酒。绿指酒面的绿色泡沫，这里也可以指菖蒲叶的颜色。　[8]“奈珠帘”句：借用唐王勃《滕王阁》诗句“画栋朝飞南浦云，珠帘暮卷西山雨”。西山，一名太平山，在温州城西，下瞰会昌湖。今为景山公园。

赏　析

会昌湖竞渡的端午民俗在宋代温州十分盛行，现存多首南宋文人观赏会昌湖竞渡后创作的同调同韵词作，尤以甄龙友这首最为脍炙人口。词中不仅描摹了龙舟竞渡时士女骈集、观者如堵的盛况，还汇集了其他端午习俗，包括斗百草、系彩丝、投粽子、饮菖蒲酒，并巧妙融入各自的寓意和内涵，为词作注入旖旎情思与怀古情境。

作为节令歌词，此词在当时曾为人广泛传唱。胡铨《经筵玉音问答》记载宋孝宗为端午宫廷宴会选唱的词中就有此词，南戏《荆钗记》第二出《会讲》写永嘉风物的《古风》亦化用了此词，足见其上至宫廷，下到民间的流行程度。

元　王振鹏　龙池竞渡图（局部）

陆 游

陆游（1125—1210），字务观，号放翁，越州山阴（今浙江绍兴）人。绍兴二十四年（1154）应进士试，为秦桧所黜。孝宗即位，赐进士出身，官至宝谟阁待制。著有《渭南文集》《剑南诗稿》等。

泛瑞安江风涛贴然[1]

俯仰两青空，舟行明镜中。[2]

蓬莱定不远，正要一帆风。

（《剑南诗稿》卷一）

注 释

[1]瑞安江：即飞云江，流经瑞安入东海。贴然：安然，平静。 [2]青空：碧空，蔚蓝的天空。“舟行”句：点化唐李白“人行明镜中，鸟度屏风里”诗句。

赏 析

这首小诗构思新颖，语言凝练，把眼前美景、当下心情与生活哲理融合在一起，精妙妥帖，富于蕴藉，饶有情致。前二句紧扣题中“风涛贴然”四字，点化前人诗句，以明镜为喻，描写晴空万里、上下一碧的江天景色。后二句则将笔锋转向对目的地的美好憧憬，理想彼岸近在咫尺，只需一帆风力即可顺利到达。

一切景语皆情语。诗人所见风景实是心境的外化、情绪的投射。秦桧死后，南宋朝廷暂时显露出清明气象，陆游也摆脱了笼罩多年的阴影，初入仕途的喜悦之情、跃跃欲试的济世之心以及对政治前景的美好期待，都寄寓在对澄静江面的爱赏、蓬莱仙境的憧憬和一帆风力的期冀中。

明　佚名　春江行舟图

薛季宣

薛季宣（1134—1173），字士龙，号艮斋，世称薛常州，永嘉（今浙江温州）人。以荫入仕，历官武昌县令、大理寺主簿、大理正，后知湖州，改知常州，未赴而卒。谥文宪。少师事程颐弟子袁溉，为学反对空谈性命义理，开永嘉事功学派先声。著有《浪语集》。

游飞霞洞[1]

横塘富花柳，杳杳镜中行。[2]
楼观朱涵壁，洞天珉掩闳。[3]
林深暮云合，地僻夏寒生。
康乐屏岩静，鸣榔时一声。[4]

（《浪语集》卷五）

注　释

[1] 飞霞洞：在温州城东南积谷山东侧，相传东汉高士刘根隐居于此，后得道羽化，乘赤霞仙去，故名飞霞洞。　[2] 横塘：横向的塘河。温州古城东南有一段东西向的塘河，名花柳塘，为护城河的一部分，与飞霞洞隔城墙相望。　[3] 楼观：泛指楼殿之类的高大建筑物。

此指飞霞观，在飞霞洞旁。洞天：原指道教神仙居处，后常泛指风景胜地。这里指飞霞洞。珉：似玉的美石。闳：门。 [4]康乐屏岩：即谢客岩。康乐，即谢灵运。飞霞洞口有一岩，上镌“谢客岩”三篆字。此岩壁立如屏，故曰屏岩。鸣榔：渔人以长木叩舷为声，用以惊鱼，使其入网。

赏 析

这首诗描绘了飞霞洞及附近的景致。首联写塘河沿岸多花柳，河面清澈平静，也暗示诗人乘舟前往。颔联仰观飞霞洞，漆成红色的飞霞观仿佛嵌在岩壁上，飞霞洞口为岩石遮掩，若隐若现。颈联视角由外转内，描述登山入洞感受。山上植被繁茂，暮色渐浓，云雾缭绕，便有林深地僻、夏日生寒之感。尾联上句点出此地乃谢灵运遗迹，下句仍回到对塘河的描写，以鸣榔声渲染山林之幽静与和谐。整首诗语言精妙，刻画传神，运用视觉交错的手法，巧妙融合积谷山诸名胜，形成绚丽多彩的画面感，寄寓着诗人对家乡山水的爱赏与深情。

雨后忆龙翔寺（其一）[1]

二峰高峙夹禅扃，长落潮音逐磬声。[2]

老僧睡起绝无事，不管波涛四面生。[3]

（《浪语集》卷八）

注 释

[1] 龙翔寺：即江心寺。江心寺由龙翔禅院和兴庆教院合并而来。龙翔禅院本名普寂禅院，建炎四年（1130）宋高宗改赐龙翔禅院。

[2] 二峰：指江心屿东西二山。山顶建有东西二塔，故二峰亦可指二塔。禅扃：佛寺之门。这里指江心寺。长落：涨落。指涨潮和落潮。磬：僧磬。寺院中召集僧众用的云板形鸣器或诵经用的钵形打击乐器。

[3] “老僧”二句：借鉴唐末诗人罗隐咏金山寺诗句“老僧斋罢关门睡，不管波涛四面生”。

赏 析

龙翔寺位于江心屿东西两山之间，两山如左右护法，夹持着面对瓯江的寺门。寺院里的晨钟暮鼓，犹如瓯江的潮水长涨长消，亘古轮回。四周江面风涛大作，却丝毫不影响老僧睡一个安稳觉，这是因为他长年累月已经看惯了风浪呢，还是因为他的修为已经达到“泰山崩于前而色不变”的境界呢？

在《浪语集》中，《雨后忆龙翔寺》共有三首，包括两首七绝和一首七律。诗题中的“忆”字，说明并非现场登临之作。宦游他乡的薛季宣，在一个雨天里想起了故乡，一口气写下三首诗，以江心寺寄托乡愁，似是羡慕江心寺这片方外之地的清净闲逸，又或想从江心屿屹立风浪的淡定姿态中汲取某种精神力量。

陈傅良

陈傅良（1137—1203），字君举，晚号止斋，瑞安（今浙江瑞安）人。师事郑伯熊、薛季宣。及入太学，与吕祖谦、张栻相善。乾道八年（1172）进士。官至宝谟阁待制。卒谥文节。学重经世致用，是永嘉学派承上启下的中坚人物。著有《止斋文集》。

观南塘四首呈沈守（其一）[1]

曾不容舠咫尺间，谁知救溺合缨冠。[2]
今从枕席人行过，最好翻盆雨后看。[3]

（《止斋文集》卷五）

注释

[1]南塘：即南塘河。以在温州城南，故名。南通瑞安，沿河筑有塘路(驿路)。沈守：即沈枢，字持要，一作持正。绍兴十五年（1145）进士。淳熙十二年(1185)任温州知州。　[2]曾不容舠：形容江河水道狭窄。舠，小船。救溺：救助落水的人。缨冠：即披发缨冠。谓来不及束发，结缨而往。　[3]“今从”句：形容道路极其平坦安稳。作者自注：“用赵充国语。”《汉书·赵充国传》：“治湟陿中道桥，令可至鲜水，以制西域，信威千里，从枕席上过师。”枕席，枕头和席子，泛指床榻。

翻盆雨：倾盆大雨。唐杜甫《白帝》："白帝城下雨翻盆。"

赏 析

在古代，南塘河是贯穿温瑞平原的交通大动脉。南宋淳熙年间，由于年久失修，疏浚不及时，南塘河水道变窄，舟行拥挤，翻船溺水事故频发。沈枢到任的第二年，即筹集资金整治塘河和塘路，历时五月，工程告竣，塘河塘路重新成为畅通的水陆要道。

沈枢治理南塘之事，详见陈傅良《温州重修南塘记》。这首诗是《观南塘四首呈沈守》的第一首，高度赞美了沈枢治理塘河的功绩及其非凡的政治才干。

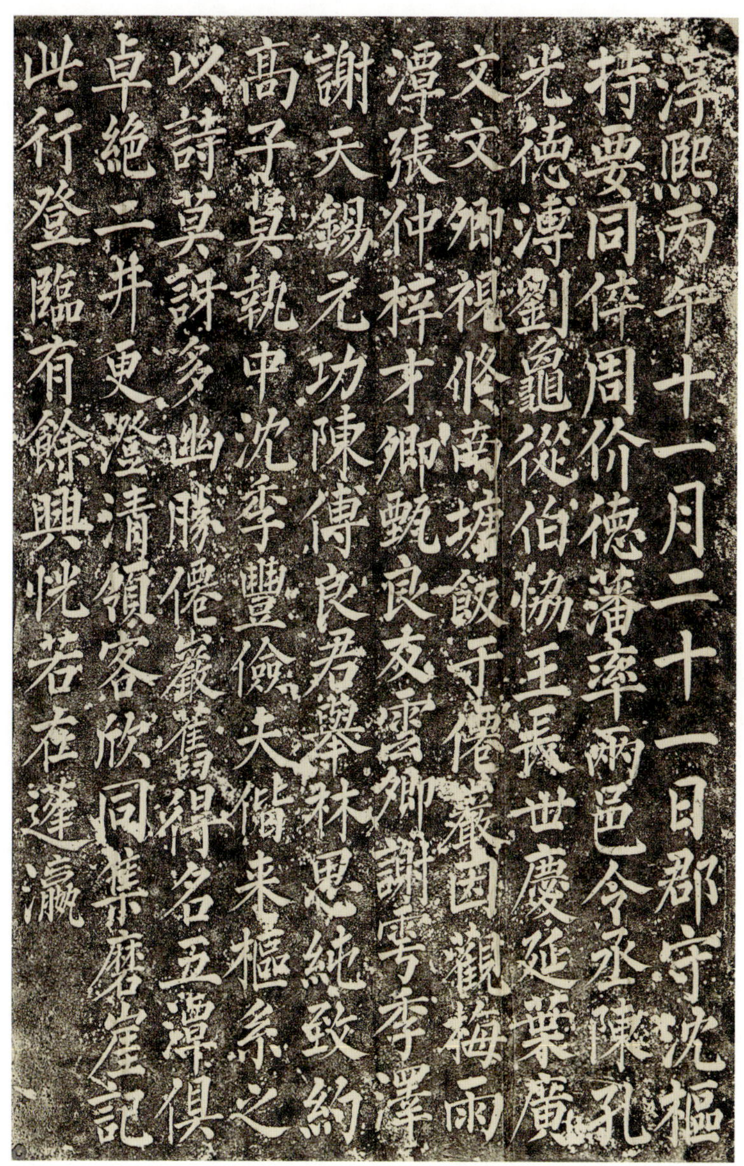

宋　沈枢　题名并诗碑

蔡必胜

蔡必胜（1140—1203），字直之，平阳（今浙江平阳）人。乾道初武科进士第一，授江东将领。出副东南十一将，召试阁门舍人。知邵州。光宗即位，擢知阁门事。宁宗即位，出知池州，徙知楚州、庐州，浚淝河、造战舰。后提举崇道观，奉祠卒。

玉帘瀑[1]

珠箔飞空涧布流，卷舒曾不用银钩。[2]
悬崖洒洒清涵雪，越壑溶溶冷涩秋。
势动羽鳞应若是，韵谐宫徵亦相侔。[3]
水晶不碍晴峰月，分付山灵夜莫收。

（康熙《平阳县志》卷一）

注　释

[1] 玉帘瀑：又名白云瀑。因形似玉帘而得名。位于平阳县南雁荡山风景名胜区。　[2] 珠箔：即珠帘，贯串或缀饰珍珠的帘子。银钩：银制的帘钩。　[3] 羽鳞：指鸟类和鱼类。宫徵：古代五音中宫音与徵音的并称。泛指乐曲。

赏 析

天下瀑布，各有其貌，各具特色。此瀑布以“玉帘”为名，色如玉，形如帘，诗即围绕“玉帘”之喻，从形美、色美、声美三方面铺衍。首联言瀑布好似一幅珠帘飘拂在空中，沿着山涧流淌，又像一匹卷舒自如的布帛。颔联言其垂悬崖壁时，水花迸溅，飘洒如雪；穿越沟壑时，水势凝滞，寒意逼人。以雪喻瀑，尚且常见，以秋作比，则有通感之妙。颈联“羽鳞”之喻，形容瀑布飞动之姿如翔禽游鱼；“宫徵”之拟，形容瀑流砯崖之声如和谐乐曲。尾联化用李白“却下水晶帘，玲珑望秋月”之诗意，表现瀑布在夜间晶莹剔透、与月同辉的视觉之美，别有幽趣。

陈　亮

陈亮（1143—1194），字同甫，世称龙川先生，婺州永康（今浙江永康）人。为人才气超迈，喜谈兵。政治上力主恢复，曾上《中兴五论》反对议和。淳熙五年（1178），复诣阙上书，极论时事。绍熙四年(1193)进士第一，授签书建康府判官厅公事，未至官而卒。端平初，谥文毅。陈亮与郑伯雄、薛季宣、陈傅良、叶適等永嘉学者交谊深厚，往还密切，曾多次到访温州，相聚论学。著有《龙川文集》《龙川词》。

南乡子 谢永嘉诸友相饯

人物满东瓯，别我江心识俊游。[1]北尽平芜南似画，中流，谁系龙骧万斛舟。[2]　去去几时休，犹是潮来更上头。醉墨淋漓人感旧，离愁，一夜西风似夏不？[3]

（《龙川词》）

注　释

[1] 江心：即江心屿。亦有学者认为此处所指为江心屿上的江心寺。

俊游：才德超卓的游伴。 [2]平芜：草木繁茂的平旷原野。宋欧阳修《踏莎行》："平芜尽处是春山，行人更在春山外。"龙骧：西晋龙骧将军王濬，曾造大船，可容二千人。万斛舟：泛指大船。此处可指瓯江中的大船，亦可喻江心屿如万斛巨舟，屹立中流。万斛，古代以十斗为一斛，万斛极言容量之多。 [3]醉墨淋漓：谓乘醉挥毫，作诗填词，肆意酣畅。

赏　析

关于此词的创作时间，有不同说法。这里根据周梦江先生的考证，系于淳熙七年（1180）夏秋之际。

陈亮赴永嘉与陈傅良、许及之、叶適等人相晤，及归永康，诸友饯之于江心，陈亮以词谢之。上阕描绘饯别场景。起笔赞叹温州人才济济。接着称美江心风景，视线所及，北面原野平阔，南面风景如画，中流则有万斛巨舟，蓄势待发。眼前的永嘉山水，既让人流连不舍，又激发出纵横驰骋、扬帆奋楫的宏伟抱负。下阕抒写离别情绪。当别离时刻迫近，愁思涌上心头，意气风发、踌躇满志也渐转为对前路未知、挑战重重的无奈与忧虑。乘醉挥毫，肆意倾吐对故旧的深情、对欢聚的眷恋。结句点明饯别时间在夏秋之交，更企盼明日秋风不会吹散这段热烈而珍贵的记忆。

叶　适

叶适（1150—1223），字正则，号水心，永嘉（今浙江温州）人。淳熙五年（1178）举进士第二。历仕孝宗、光宗、宁宗三朝。开禧北伐，力主抗金，为韩侂胄所重。及韩侂胄败诛，被夺职，奉祠十三年，至宝文阁学士、通议大夫。卒，赠光禄大夫，谥文定。叶适主张事功之学，是永嘉学派集大成的人物。著有《水心文集》。

西　山

对面吴桥港，西山第一家。[1]
有林皆橘树，无水不荷花。
竹下晴垂钓，松间雨试茶。
更瞻东挂彩，空翠杂朝霞。[2]

（《水心文集》卷七）

注　释

[1] 吴桥港：在今温州市区吴桥路附近。南宋时这一带的开阔水面属于温州城西南郊会昌湖南湖的一部分。　[2] 挂彩：山名。弘治《温

州府志》卷三："挂彩山，在郡城东北二十里，南临大江，其石壁立，光彩五色，灿烂若彩缋然。"

赏　析

据周梦江先生考证，此诗作于开禧元年（1205）。时叶适丁父忧，居温州城南水心村。水心村坐落于西山与吴桥港之间，周边橘树成林，荷莲满塘，风光秀美。颔联虽化用晚唐杜荀鹤"有园多种橘，无水不生莲"的诗意，却是温州水乡盛产橘莲的典型景致的真实再现。颈联抒写居家的闲逸生活，晴雨咸宜，松竹掩映，垂钓品茗，各得其适。尾联更远眺东北面的挂彩山。挂彩山"其石壁立，光彩五色，灿烂若彩缋然"，叶适以"空翠杂朝霞"一句加以描摹，颇得画工之妙。

此诗意境闲雅，为叶适五律佳作。方回《瀛奎律髓》选叶适诗，仅录此一首，评云"五言律如此者少"。

橘枝词三首记永嘉风土（其三）

鹤袖貂鞋巾闪鸦，吹箫打鼓趁年华。[1]

行春以东峥水北，不妨欢乐早还家。[2]

（《水心文集》卷八）

注　释

[1]鹤袖：鹤氅的袖，借指鹤氅。此处应指缝制精美、形制宽松的外衣。貂鞋：用貂皮装饰的鞋，或言绣有貂图案的鞋。趁年华：把握美好时光。　[2]行春：桥名。在水心村附近。因在龚将军庙前，又改名介福桥、将军桥，在今温州市区勤奋河上。峥水：亦作“净水”，村名。今属温州市瓯海区景山街道。

赏　析

中唐诗人刘禹锡、白居易学习民间曲调，创作《竹枝词》《杨柳枝词》等具有民歌格调的七绝，状写民俗风情。《橘枝词》是叶適仿效刘、白而创作的新诗体。清代王士禛《居易录》称叶適三首《橘枝词》，第一首“如《柳枝》之专咏柳”，第二、第三首则“泛言风土，如《竹枝》体。”此为《橘枝词》第三首，咏温州的民俗节庆活动。参加节庆活动的人们身着精美绚丽的服饰，现场有各种器乐助兴。此诗虽未言是何节日，但从活动地点集中在会昌湖一带来看，很可能是上巳或端午。前两句流露了诗人对风土人情的欣赏和与民同乐的情怀，末句则劝告人们行乐应有节制，不可过度放纵，有劝有讽。

姜 夔

姜夔（约 1155—约 1221），字尧章，号白石道人，饶州鄱阳（今属江西）人。一生未仕，往来鄂、赣、苏、浙等地，卒于杭州。姜夔善音律，精鉴赏，工翰墨，尤以词著称。其词格律谨严，字句精工，词风清空峭拔，格调高古，是南宋词坛巨擘。著有《白石道人诗集》《白石道人歌曲》等。

水调歌头 富览亭永嘉作[1]

日落爱山紫，沙涨省潮回。平生梦犹不到，一叶眇西来。[2]欲讯桑田成海，人世了无知者，鱼鸟两相推。天外玉笙杳，子晋只空台。[3]　倚阑干，二三子，总仙才。[4]尔歌远游章句，云气入吾杯。[5]不问王郎五马，颇忆谢生双屐，处处长青苔。[6]东望赤城近，吾兴亦悠哉。[7]

（《姜白石集编年笺校·姜白石词编年笺校》卷五）

注　释

[1] 富览亭：在今温州市区郭公山，下临瓯江，与江心屿隔水相对。[2] 一叶：谓一叶扁舟。姜夔此行自处州（今浙江丽水）沿瓯江东下而至温州，故言西来。　[3] 子晋：即周灵王太子晋。弘治《温州府志》卷三“吹台山”条载：“高处正平如台，古传王子晋吹笙台。”吹台山离郭公山不远，或因此引发词人联想。　[4] 二三子：指同游友人。　[5] 远游：或指《楚辞》篇名，或指曹植所作《远游篇》。若从内容和情感基调而言，曹植《远游篇》与此词更为贴合。　[6] 王郎：指王羲之。相传王羲之曾任永嘉郡太守。弘治《温州府志》卷一五“五马坊”条载：“晋王羲之守郡日，庭列五马，绣鞍金勒，出则控之。”今温州市区有五马街。谢生：指谢灵运。谢灵运好游山，“登蹑常着木屐，上山则去前齿，下山去其后齿”，世称谢公屐。　[7] 赤城：山名。在今浙江台州境内。

赏　析

据夏承焘先生考证，开禧二年（1206），姜夔游处州，泛瓯江至温州。富览亭在郭公山顶，既可俯瞰温州城市，又可尽览瓯江胜景。词人傍晚登亭，落日映照，山峦尽紫色；沙岸渐阔，潮归大海。轻轻两笔，一幅瓯江暮潮图如在目前。滔滔江水，沧海横流，带给词人极大震撼。此地曾经几度沧海桑田？他不禁要一探究竟。但问世人，世人不知；问鱼鸟，鱼鸟对陌生人心存猜疑，不肯告知；问仙人，仙人杳不可寻。下阕转叙人事。先纪同游之乐，再追忆历代名贤。借对王、谢的取舍，词人表明了不慕荣华、寄怀山水的心志。结句东望赤城，既呼应开篇，又延展视野、引人遐想。

整首词抓住富览亭的地理特征，融合山水实景、历史典故、人文胜迹，尽展永嘉山水的独特魅力。

清　赵之谦　瓯江记别图

戴　蒙

戴蒙，字养伯，永嘉合溪（今属浙江永嘉）人。绍熙元年（1190），更名埜，登进士第。调丽水尉，以公事忤州守，弃官从朱熹于武夷。再调鸣鹤场运盐官。丁父艰，服除，复旧名以应乡举，再试不中。后以初名复官。

南溪暮春[1]

家住南溪欲尽头，茂林修竹几清幽。[2]
菰蒲涨绿蛙专夜，树叶吹寒麦半秋。[3]
修禊从教非节物，舞雩元自有风流。[4]
明朝酒醒春犹在，更向长潭上小舟。

（弘治《温州府志》卷二二）

注　释

[1] 南溪：今作“楠溪”，在永嘉县境内，自北向南流入瓯江。戴蒙家乡溪口村，位于楠溪江中上游岩坦溪出口处，是楠溪江干流大源溪与支流岩坦溪交汇之处，故又名合溪村。村中有明文书院，据说即戴蒙讲学的遗址。　[2] 茂林修竹：语出王羲之《兰亭集序》“此地

有崇山峻岭，茂林修竹”。　[3]菰蒲：茭白与蒲草，均生长在水边。溪口村古名菰田，或盛产茭白（即菰米）。涨绿：春水上涨。专夜：本指妃妾专自侍寝，独占宠爱。这里是说蛙鸣声独占了夏夜。麦半秋：秋天是谷物成熟的季节，但麦子成熟在初夏，故古人称初夏为麦秋。麦半秋指小麦快要成熟，时间约在暮春三月。　[4]修禊：古时于农历三月上旬巳日（魏以后固定为三月三日）到水边嬉游，以祓除不祥。东晋王羲之等人的兰亭雅集，是历史上著名的修禊活动。舞雩：古代用于求雨、伴有乐舞的祭祀仪式。《论语·先进》：“莫春者，春服既成，冠者五六人，童子六七人，浴乎沂，风乎舞雩，咏而归。”

赏　析

戴蒙笔下的南溪暮春，春水涨绿，清夜蛙鸣，凉风送爽，小麦半熟，在茂林修竹中呈现出一派清幽景色，同时又生机勃勃。此时上巳已过，初夏降临，诗人感受着节物的变迁，遥想兰亭修禊、孔门舞雩的往事。颔联和颈联生动地勾勒出一幅独特的南溪暮春图，并在图中嵌入了作者独特的情思。最后，作者暗自决定，如果明天酒醒之后，春光还在，那一定要登上小舟，沿着溪流去寻芳览胜。作者对暮春景致的喜爱和浓浓的惜春之意，在此展露无遗。

徐 照

徐照（？—1211），字道晖，一字灵晖，自号山民，永嘉（今浙江温州）人。布衣终身，以诗游士大夫间。诗宗晚唐贾岛、姚合，崇尚白描，与徐玑（号灵渊）、翁卷（字灵舒）、赵师秀（号灵秀）共倡野逸清瘦诗风，以矫江西诗派之失，并称“永嘉四灵”。著有《芳兰轩诗集》。

题江心寺

两寺今为一，僧多外国人。[1]

流来天际水，截断世间尘。[2]

鸦宿腥林径，龙归损塔轮。[3]

却疑成片石，曾坐谢公身。

（《芳兰轩诗集》卷上）

注 释

[1] 两寺：指龙翔禅院和兴庆教院，后合并为江心寺。外国人：指来自日本等国的僧人。　[2]“流来”句：化用唐李白《将进酒》“黄

河之水天上来”之句。 [3]龙：此处可认为代指猛烈的江风。塔轮：塔刹上的相轮。用作装饰，象征着佛塔的崇高和神圣。

赏 析

江心寺在南宋成为高宗道场，名列五山十刹。首联“僧多外国人”，写出了江心寺香火之盛。颔联描摹景物，切合江心寺的地理特点，据说曾被写成诗牌挂在寺前（见方回《文选颜鲍谢诗评》）。颈联笔锋陡转，渲染出幽暗的林中小径，栖鸦点点，隐藏在夜幕下，只有腥膻的气息让人察觉到它们的存在。龙归深潭，带来一阵猛烈的旋风，把塔刹上的相轮吹得摇摇欲坠。恍惚之间，诗人仿佛看到坠落的相轮变成了一块平坦的岩石，上面坐着为江心屿写下第一首诗的大诗人谢灵运。

此诗前半部分明朗如画，后半部分幻象叠生，在意境、色调上反差明显。前半部分琢句精工，后半部分用笔幽隽，是典型的“四灵”诗风。

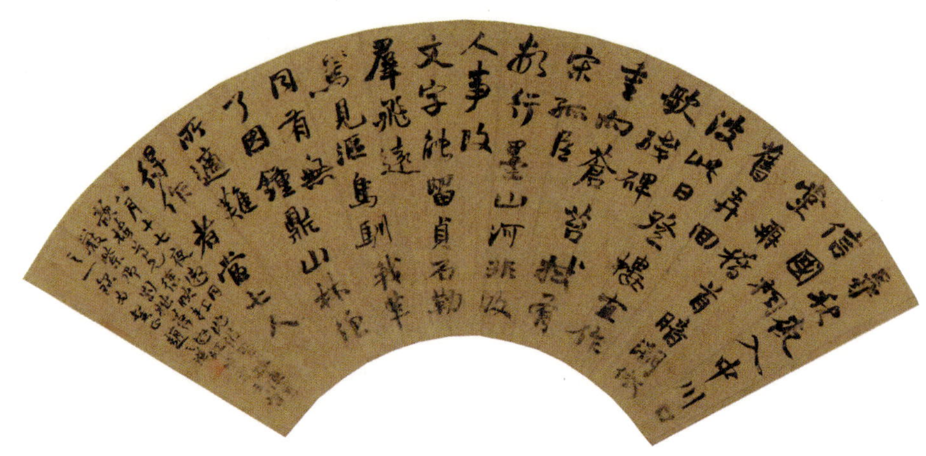

清　赵之谦　行书游江心寺诗扇面

宿觉庵[1]

公说曹溪事，经今六百年。[2]

庵基平地筑，碑记远人传。[3]

种竹初遮日，疏岩只欠泉。

自当居鼎鼐，岂在学修禅？[4]

（《芳兰轩诗集》卷中）

注　释

[1]《净光山四咏呈水心先生》组诗凡四首，此为第一首，咏净光山宿觉庵。净光山，即松台山，在今温州市区。水心先生，即叶適。宿觉庵：松台山有净光塔，为唐代高僧玄觉瘗骨之处。净光塔边建有寺院，唐昭宗赐额“净光禅寺”，宋太宗赐额“宿觉名山”。开禧三年（1207），叶適落职还乡，退居水心村，毗邻松台山，见净光禅寺圮毁，出资重修，取名宿觉庵，又从杭州请来蜀僧居简主持。叶適经常与诗友游居其间，相与论诗谈道，“永嘉四灵”多参与唱和。　[2]曹溪事：指玄觉赴曹溪参访六祖，一宿悟道之事。曹溪，水名，在今广东曲江东南双峰山下。六祖慧能曾在曹溪宝林寺开堂说法，并取“曹溪”为号。[3]碑记：指叶適所撰《宿觉庵记》。　[4]鼎鼐：古代两种烹饪器具。此比喻宰相等执政大臣。

赏　析

徐照作组诗四首，分咏净光山宿觉庵、绝境亭、会景轩、茶山堂四处景点。此为第一首，围绕叶適重修宿觉庵之事展开。首联言重修缘起，颔联叙重修过程，颈联述重修细节。叶適对于重修宿觉庵十分用心，遍植绿竹，疏凿岩石，完工后又亲撰碑记。这一方面固然出于叶適对宿觉禅师的景慕，另一方面也与叶適落职闲居的心境有关。故尾联体贴地慰勉叶適，谓其终当重返朝堂，为宰执股肱之臣，不会在山中修禅终老。

徐玑

徐玑（1162—1214），字文渊，一字致中，号灵渊，永嘉（今浙江温州）人。徐玑以荫入仕，历官建安主簿、永州司理、龙溪县丞。移武当县令，改长泰县令，未至官而卒。“永嘉四灵”之中，徐玑论诗有精见。著有《二薇亭诗集》。

初夏游谢公岩[1]

欲取纱衣换，天晴起细风。
清阴花落后，长日鸟啼中。
水国乘舟乐，岩扉有径通。
州人多到此，犹自忆髯公。[2]

（《二薇亭诗集》）

注释

[1] 谢公岩：位于温州市区积谷山南麓，亦称谢客岩、康乐岩。相传谢灵运任永嘉郡太守，曾书《白云曲》《青草吟》于其上。今存“谢客岩”三字，据方介堪先生考证，为唐代书家李阳冰手迹。 [2] 髯公：指谢灵运。据说谢灵运须长而美，唐刘悚《隋唐嘉话》载“晋谢

灵运须美，临刑，施为南海祇洹寺维摩诘须”。李亢《独异志》记其“须长三尺”。

赏 析

“四灵”诗多寻访、游览谢灵运遗迹之作，寄托追慕怀想之情。谢公岩为谢灵运遗迹之一，唐宋以来，题咏众多，徐玑这首是其中流传最广的。诗题标明游览时节和游览地，前二联运用“纱衣”“细风”“清阴”“长日”等多个意象渲染“初夏”风光。颔联寓情于景、描摹细腻，属对工整而不露痕迹，确为佳句。颈联“水国乘舟乐”五字精炼地概括了温州城内外舟楫相通的特点。尾联抒写“州人”对谢灵运的追念缅怀，诗人就是“州人”之一，自然不能例外。

刘 宰

刘宰（1166—1239），字平国，自号漫塘病叟，金坛（今属江苏常州）人。绍熙元年（1190）进士，调江宁尉。历迁真州司法、泰兴令、浙东仓司干官。以不乐韩侂胄用兵，告归。理宗立，屡辞官不就。进直显谟阁、主管玉局观。召奏事，讫不为起。既卒，朝廷嘉其节，谥文清。隐居三十年，于书靡所不读。著有《漫塘文集》。

长林场海边道上[1]

海雾晚逾合，海风春更寒。
衰颜欺薄酒，老胆儆惊湍。
丛竹人家近，平沙客路宽。
明朝应更好，山翠扑征鞍。

（《漫塘文集》卷二）

注 释

[1] 长林场：盐场名。宋政和中置，在今乐清市。

赏　析

这首诗应是刘宰任浙东仓使干官时所作。从结句“山翠扑征鞍”来看，他是由长林场沿海边的驿道往北走，而在前面等待他的“山翠”，就是雁荡山。古人羁旅之诗，多写漂泊落拓之情，刘宰此诗却一反常调。海雾晚合，海风春寒，衰颜薄酒，老胆惊湍，虽看似一片衰飒，但有“欺”“傲”二字，一股倔强之气，透过纸背，扑面而来。至于惊湍过后，出现了丛竹人家、平沙驿路，则更是一片坦途了。最后以悬想作结，不仅表达了诗人对浙东山水的喜爱，更展现了诗人豪迈豁达的心胸。

戴复古

戴复古（1167—？），字式之，号石屏，台州黄岩（今属浙江台州）人。少孤，笃志于诗，从林宪、徐似道游，又登陆游之门，受陆游雄浑诗风影响甚深。长期浪迹江湖，为南宋江湖诗派代表人物。著有《石屏诗集》。

雁山总题此山本朝方显（其一）

此地古无闻，谁封万石君。[1]
山林才整整，来往早纷纷。[2]
两派龙湫水，千峰雁荡云。[3]
东西十八寺，纪载欠碑文。[4]

（《石屏诗集》卷三）

注　释

[1] 万石君：指石奋。石奋在汉景帝时位列九卿，身为二千石，其四子亦皆官至二千石，合之为万石，故时人号曰“万石君”。雁荡山多石少土，故又名雁宕。其石千奇万状，各有所肖，最为游人瞩目。戴复古以官俸的计量单位“石”与岩石之“石”相谐，认为雁荡山也可

获得“万石君”的封号。 [2]整整：整齐谨饬貌。这里以人喻山，谓雁荡山水如人之容貌修饰端严。 [3]“两派”句：指雁荡山的大龙湫和小龙湫瀑布。 [4]东西：指雁荡山东西二谷。东、西谷又各分内外二谷，实为四谷。十八寺：相传雁荡山有十八古刹。雍正《浙江通志》引唐贯休十八刹诗云：“本觉灵云到宝冠，能仁古塔上飞泉。普明罗汉石门里，瑞鹿华严天柱边。古洞灵峰真济并，灵岩霞嶂净名连。石梁不与双峰远，十八精蓝绕雁颠。”

赏 析

雁荡山的开发到宋代方盛。宋沈括《梦溪笔谈》记载：“温州雁荡山，天下奇秀，然自古图牒未尝有言者。祥符中，因造玉清宫，伐山取材，方有人见之，此时尚未有名。”戴复古此诗即以此意开端，并为雁荡山不为世所知，无缘受封“万石君”而感到遗憾。语甚诙谐，出人意表！颔联继续诙谐，言雁荡山刚收拾整齐，人们即迫不及待地纷纷来游，可见其魅力之大。末二联列举了雁荡山的代表性景观大、小龙湫及十八古刹，将“百二奇峰”夸大为“千峰”。尾联下句“纪载欠碑文”，则与首句“此地古无闻”呼应。全诗结构谨严，既描摹了雁荡山的景观，又交代了开发历史，概括力极强，谓之“雁山总题”，可谓名副其实。至于语言庄谐并出，更是令读者忍俊不禁。

翁　卷

翁卷，字续古，一字灵舒，永嘉（今浙江温州）人。曾领乡荐，然未出仕，落拓江湖，以诗游士大夫间。其诗刻意求工，忌用典，尚白描，轻古体而重近体，长于五言，一些绝句受“诚斋体”影响，生动而有野趣。著有《苇碧轩诗集》。

南塘即事

半川寒日满村烟，红树青林古岸边。
渔子不知何处去，渚禽飞落拗罾船。[1]

（《苇碧轩诗集》）

注　释

[1] 渔子：渔夫，捕鱼为业的人。

赏　析

白居易诗有“一道残阳铺水中，半江瑟瑟半江红”之句，此诗前二句语词、意象与之多有重合，但仅用“半川寒日”四字加以概括，而另外增加了炊烟村落，又以红树提示季节，以古岸描写空间，比起白居易单纯写景，更富有生活气息和古雅韵味。后二句又令人想到韦应物的诗句“野渡无人舟自横”，但有水鸟飞落，则为静止的画面注入了生机野趣。以“拗罾船”表现水乡渔民的生活情态，呼应首句“满村烟”，暗示渔获满满，渔夫归家。

这首即景小诗，以白描手法勾勒出温州城郊南塘一带水乡渔村的深秋景致，画面清新，意境恬淡。

元　赵孟頫　江村渔乐图

赵师秀

赵师秀（1170—1219），字紫芝，号灵秀，又号天乐，永嘉（今浙江温州）人。绍熙元年（1190）进士。尝任上元主簿、筠州推官。晚年寓钱塘（今浙江杭州）而卒。曾编选贾岛、姚合诗为《二妙集》，作为“四灵”诗学的标榜。专精五律，多工炼之句，为世称引。著有《清苑斋诗集》。

薛氏瓜庐[1]

不作封侯念，悠然远世纷。[2]
惟应种瓜事，犹被读书分。
野水多于地，春山半是云。
吾生嫌已老，学圃未如君。[3]

（《清苑斋诗集》卷二）

注 释

[1]薛氏：指薛师石。薛氏隐居南塘，名其室为“瓜庐”。薛师石与“四灵”过从甚密，常相唱和。徐照、徐玑亦有《题薛景石瓜庐》诗。 [2]封侯：指出仕做官。汉召平，秦时曾为东陵侯，秦亡不仕，种瓜于长安

城东，时称“东陵瓜”。这里暗用此典，既赞扬薛师石不求功名利禄，亦隐指“瓜庐”取名之意。 [3]学圃：学习种菜。语出《论语·子路》：“樊迟请学稼，子曰：‘吾不如老农。’请学为圃，曰：‘吾不如老圃。’”

赏 析

这首诗题咏友人所居别业，而意在表现友人不求功名利禄、远离尘世纷争的高情逸致。颔联化用陶渊明“既耕且已种，时还读我书”句意，表现友人隐居生活半耕半读的闲适。颈联描写瓜庐四周优美的湖山景色，精准表现出温州碧水连天、群山连绵的地理特点和春天多雨、云雾缭绕的气候特征。此联对仗工整，自然警切，最为诗家所称道。尾联妙用典故，略带调侃的语气更凸显了作者与友人的亲密关系。《瀛奎律髓》选录此诗，纪昀评曰：“此首气韵浑雅，犹近中唐，不但五、六佳也。”

卢祖皋

卢祖皋，字申之，又字次夔，号蒲江，永嘉（今浙江温州）人。庆元五年（1199）进士。嘉定中历主管刑、工部架阁文字，秘书省正字，将作少监，权直学士院，卒于官。少负诗名，与翁卷、赵师秀为诗友。最工词，词风婉秀淡雅，为南宋一名家。著有《蒲江词稿》。

木兰花慢

先君买屋蒲江，半属叶氏，似之五兄方并得之。因举六帙之庆，并致贺札。[1]

向蒲江佳处，报新葺、小亭轩。有碧嶂青池，幽花瘦竹，白鹭苍烟。[2]年华再周甲子，对黄庭、心事只翛然。[3]都占壶天岁月，便成行地神仙。[4]　十年。微禄萦牵。梦绕浙东船。更吾庐才喜，藩篱尽剖，门巷初全。何时归来拜寿，尽团栾、笑语玉尊前。[5]吟寄疏梅驿外，思随飞雁行边。

（《蒲江词稿》）

注　释

[1]先君：亡父。蒲江：即今龙湾区蒲州街道。卢祖皋出生于此，即以为号。似之五兄：卢祖皋的五哥，字似之，其名未详。六帙：六十岁。帙，通“秩”。十年为一帙。　[2]碧嶂：青绿色如屏障的山峰。　[3]甲子：用干支纪年或计算岁数时，六十组干支字轮一周叫一个甲子。故一甲子代表六十年。黄庭：指《黄庭经》。道教的经典著作。这里代指道书。翛然：毫无牵挂、自由自在的样子。　[4]壶天：壶中之天。传说古仙人壶公能于壶中化出种种妙境，中有天地日月。后以壶天谓仙境、胜境。行地神仙：即地行仙。原为佛典中所记的一种长寿的神仙，后用以比喻高寿或隐逸闲适的人。　[5]团栾：团聚。玉尊：玉制的酒器。泛指精美贵重的酒杯。

赏　析

这是卢祖皋寄给似之五兄六十岁生日的贺寿词。从词序可知，卢似之颇具才干，能承父志，扩大家业。词就从卢氏住宅写起，描绘了宋代瓯江南岸温州城郊村落的居住环境。在青山绿水、幽花瘦竹、白露苍烟的仙境中住着一位潜心修道、超然洒脱的神仙人物。换头转写自己的羁旅生涯和思乡之情。十年为官，奔波在外，但始终对家乡魂牵梦绕。随后又是笔锋一转，提到似之购回旧宅，“藩篱尽剖，门巷初全”，扩大了卢家门庭。对卢祖皋来说，父兄两代人努力经营的住宅是家族聚居的基础，是团圆和亲情的象征。他希望早日归家，在新宅里为兄长拜寿，与家人团圆。这首词里有宋代“温州一家人”的亲情，读来倍觉温馨。

薛师石

薛师石（1178—1228），字景石，号瓜庐，永嘉（今浙江温州）人。生平未仕，筑室会昌湖上，高隐优游。工诗善书，学诗于“四灵”中的徐照，与赵师秀、徐玑等多有唱和。然诗多本色语，自然清空，与“四灵”的尖新风格小异。著有《瓜庐诗》。

题南塘薛圃[1]

门对南塘水乱流，竹根橘柢自成洲。[2]
中间老子隐名姓，只听渔歌今白头。[3]

（《瓜庐诗》）

注　释

[1] 薛圃：即薛师石所居瓜庐，其居曰庐，其园曰圃。　[2] 橘柢：橘树的根。　[3] 老子：老年男子的自称，犹老夫。

赏　析

薛师石生平不仕，耕钓自娱，筑室会昌湖上，题名瓜庐，取意于召平隐居种瓜的典故。他常与“四灵”聚吟，瓜庐是他们吟咏的主题之一。薛师石自题之作尤多，如《瓜庐》《瓜庐至日即事》《水心先生惠顾瓜庐》等，此诗即是其中之一。

薛师石的园圃门临南塘，水流纵横，远近洲渚，错落分布，洲渚之上不是竹林，就是橘树。在这样一派充满野趣的风光中，隐居着一个不慕荣利、安贫恬淡的文士，坐卧啸傲，萧散自得。若问他的鬓发是几时白的，他輾然一笑，不无戏谑地回答，那是被日复一日的渔歌催白的！

现在的南塘，灯火画船，虽然风光已与当年完全不同，但仍是温州城市里面游玩消闲的好去处。

宋　佚名　高士观水图

戴栩

戴栩，字文子，永嘉（今浙江温州）人。宁宗嘉定元年（1208）进士。授定海县主簿。理宗淳祐中历迁实录院检讨，除秘书郎，出为湖南安抚司参议官。学于叶適，为诗命词琢句，多以镂刻为工。著有《浣川集》。

大水次友人韵

天公岂是出新奇，涨潦茫茫秋暮时。[1]
牵浪何曾传雨信，回南不用掣风旗。[2]
拍浮瓮盎鸣相属，颠倒篱墙去若驰。[3]
数日羲和尚羞涩，嫩黄晴影浸清漪。[4]

（《浣川集》卷二）

注释

[1] 涨潦：流水上涨。茫茫：水势浩大无边的样子。　[2] 牵浪：诗后注曰“乡间风水多作于七月，必须酝酿数日而成，谓之牵浪”。回南：诗后注曰“既雨之后，又须待作南风方霁，谓之回南”。　[3] 拍浮：浮游。相属：相接，相触。　[4] 羲和：古代神话传说中驾御日车的神，

代指太阳。清漪：清澈的水波。

赏 析

温州多台风。戴栩为我们记录了一场反常的台风。台风一般发生在七月，这场台风却发生在暮秋九月，突然而来，毫无征兆。台风结束一般都以风向回南为预兆，这场台风却在一阵暴雨之后就变晴了。台风带来大水，造成了破坏——瓮盎漂浮，乒乓作响；篱墙毁坏，随波卷去。幸好来得快去得也快，随着阳光冲破云层，人们也松了一口气。诗的前两联极力渲染人们的惊讶不解，颈联变为紧张恐惧，尾联恢复轻松和平，把一场台风带给人们的感受描绘得委曲尽致，而以方言俗谚“牵浪”“回南”入诗，让人读来倍感亲切。

这场台风引起了戴栩和友人的唱和。戴诗为次韵之作，可惜那位发起唱和的友人并没留下姓名和作品。

赵汝回

赵汝回，字几道，永嘉（今浙江温州）人。嘉定七年（1214）进士。官终主管进奏院。诗风“力排唐末陋”，有别于“四灵”而自成一家。著有《东阁吟稿》。

东山堂[1]

谢守登临地，今为博士居。[2]
由来好山水，常得近诗书。
洞与衡岳接，泉分玉井余。[3]
年年为吟事，春草不教锄。

（《东阁吟稿》）

注　释

[1] 东山堂：位于温州市区积谷山西麓。周行己罢官后筑室于谢池坊，临池作东山堂。其子孙世居于此。　[2] 谢守：即谢灵运。博士：即周行己。周行己曾任太学博士。　[3] 洞：指飞霞洞，在积谷山上。衡岳：南岳衡山。泉：指冽泉，在积谷山西麓，为温州二十八宿井之一，今尚存。玉井：在华山。

赏 析

周氏东山堂位于温州积谷山西麓，面对谢公池，环境清幽，人文荟萃。除赵汝回外，南宋不少诗人皆有题咏，如翁卷《周氏东山草堂》、叶適《周宗夷东山堂》、叶杲《东山堂》等。

此诗从山水、人文两个方面描写东山堂。言山水，则从洞接衡岳、泉分玉井入手，以跨越空间之联想，极言其名胜。言人文，则由谢守登临、博士宅居着墨，以跨越时间之联系，勾勒其传承。尾联化用谢灵运《登池上楼》“池塘生春草”句意，与首句“谢守登临地”呼应，赞美了草堂主人的文采风流。

周氏东山堂所在的积谷山和谢公池一带，有池上楼、飞霞洞、升仙台、卧树楼、留云亭、东山书院等名胜及诸多摩崖石刻，是温州重要的文化地标。

葛绍体

葛绍体，字元承，建安（今福建建瓯）人，侨居黄岩（今属浙江台州）。早年师事叶適，得其指授。著有《东山诗文选》，已佚。后人辑其诗为《东山诗选》。

分水岭[1]

岐路东西分，闽浙自兹异。
平波翼蘽筱，荒丘带深隧。[2]
渐闻新蛮音，不见旧朋类。[3]
凄然独含情，谁与话幽意。
满空霜气横，鸿影过一二。
回首良不堪，归期数长至。[4]
茫茫宇宙大，人生本如寄。

（《东山诗选》卷上）

注 释

[1]分水岭：位于浙江苍南与福建福鼎交界处，为闽浙分界。　[2]平波：亦作“平陂”“平颇”。平地与倾斜不平之地。蒙筱：茂密的小竹林。　[3]蛮音：南方口音。温州和福建的方言口音，都可称蛮音。作者由浙入闽，新蛮音指闽语。　[4]长至：夏至。一说为冬至。

赏 析

分水岭对于闽浙两地文人来说，不只是一座山岭，更是故乡与他乡的分界。故而途经此地，他们往往会产生浓重的羁旅乡愁，如黄公度“呜咽泉流万仞峰，断肠从此各西东”、俞樾“岭上岩岩分水关，令人回首故乡山”等。葛绍体亦是如此。

此诗前十句写诗人行经分水岭的所见。竹林丛生，丘壑纵横，语言不通，亲朋渐遥，让人意绪凄然，倍感孤独。霜气满空，时节当在秋冬。自北而南，形迹如南迁之鸿雁。后四句以抒情作结，进一步渲染羁旅之感。诗人刚踏入福建地界，就开始计算归期了。按照预定行程，明年夏至当可北返。但明年之事，岂有定准？茫茫宇宙，人生如寄的感慨，虽略嫌老套，但对于站在分水岭头的诗人来说，却又是那么自然贴切。

潘希白

潘希白，字怀古，号渔庄，永嘉（今浙江温州）人。宝祐元年（1253）进士，调临安府节制司干办公事。秩满引疾不调，德祐末起为史馆检阅，不赴而卒。卜筑柳塘，文酒之会，名流咸集。早岁学诗于赵汝回，而诗风颇近“四灵”。著有《柳塘集》。

入南溪

沙头落月照篷低，杜宇谁家树底啼。[1]
舟子不知人未起，载将残梦上清溪。[2]

（《东瓯诗存》卷九）

注　释

[1] 沙头：沙滩边，沙洲边。杜宇：即杜鹃。　　[2] 舟子：船夫。

赏　析

不同于唐温庭筠《商山早行》“鸡声茅店月，人迹板桥霜”的北方山区早起车行之景，此诗所写为南方山区清晨溪行之景。首句写所见，次句写所闻，在落月光中、杜鹃声里，一舟、一客、一船夫，沿着清溪溯流而上。船篷随着水波和篙声荡漾，看起来如此轻盈，令人不禁怀疑舟中所载只是一个将醒未醒的梦。在诗歌意象中，以舟载愁较为常见，如贺铸“彩舟载得离愁动”、李清照“只恐双溪舴艋舟，载不动、许多愁”等皆是，而以舟载梦，则殊为别致，却准确地描绘出了拂晓溪行的风致。清人孙锵鸣在《东嘉诗话》里称此诗“意度清远，殊有萧然自得之趣”，洵非虚语。

宋　佚名　梅溪放艇图

刘　黻

刘黻（1217—1276），字声伯，一作升伯，学者称蒙川先生，乐清（今浙江乐清）人。在太学时上书攻丁大全，送南安军安置。理宗景定进士，授昭庆军节度掌书记。咸淳三年（1267）拜监察御史。出知庆元府兼沿海制置使，召还，拜刑部侍郎。咸淳九年，试吏部尚书。后欲随二王入广，行至罗浮，以疾卒。著有《蒙川遗稿》。

斗山接待寺[1]

云水无南北，几人相往还？[2]
井深应接海，石显为开山。
佛塔寒流上，渔帆夕照间。
何当脱尘鞅，分石伴僧闲。[3]

（《蒙川遗稿》卷二）

注　释

[1] 斗山：又称五星斗山，以山顶有五峰排列如斗，故名。在今乐清市柳市镇黄华社区。　[2] 云水：指僧道。僧道云游四方，如行云

流水，故称。　　[3]尘鞅：世俗事务的束缚。石：指石床。供人坐卧的石制用具。

赏　析

乐清黄华位于瓯江入海口北岸，东濒乐清湾，南有岐山、凤凰山、黄华山为屏障，北枕斗山、岱山，地势险要，旧设关，有水师驻防。接待寺就在斗山之上。

首联点题，紧扣接待寺寺名展开，设问颇富机趣。颔联上句契合接待寺滨江靠海的地理特点；下句转写斗山五星石，表现接待寺之形胜殊异。颈联描绘江海开阔之景，寒流映塔，渔舟夕照，如在目前。尾联感慨为俗务所牵，不能与寺僧分享石床坐禅之趣。

祖　元

祖元（1226—1286），俗姓许，字子元，自号无学，鄞县（今属浙江宁波）人。少时丧父，拜临安（今浙江杭州）净慈寺居简为师，后又投径山寺无准师范门下。德祐元年（1275）秋，避难雁荡山能仁寺。宋亡，应日本幕府执权北条时宗之请，东渡扶桑，初住建长寺，后北条时宗创圆觉寺以居之。圆寂后，敕谥“佛光禅师”。有《佛光国师语录》。

临刃偈[1]

乾坤无地卓孤筇，喜得人空法亦空。[2]

珍重大元三尺剑，电光影里斩春风。[3]

（《佛光国师语录》卷九）

注　释

[1] 底本原无题。德祐二年（1276），元军南下进入温州，祖元时避难于雁荡山能仁寺。“天兵压境，寺众窜匿。师一榻兀坐，军士以刃加颈”，而祖元神色不变，念出此偈。　[2] 筇：古书上说的一种竹子，多用作手杖，故以筇代指手杖。人空法亦空：即人和世间一切

事物皆非实有。佛教以生命主体为人我，万法的实体为法我（“法”指事物，“万法”指世间一切事物）。 [3]“珍重”二句：化用《景德传灯录》载后秦僧肇临刑偈“四大元无主，五阴本来空。将头临白刃，犹似斩春风”。

赏 析

偈诗前两句感叹天地之大，山林之深，竟无可供卓锡之地，所幸自己已悟透人法皆空、一切有为法如梦幻泡影的佛理，心无挂碍，可以坦然面对一切。现实的一切都是因缘和合而生，处于不断变化的状态之下，没有什么是一成不变的，更没有什么是为自己所拥有的，所谓生命也是如此。后两句化用僧肇法师之偈，生命既非实有，杀头与“斩春风”有何差异？祖元从容面对死亡，体现出高深的修为，感化了杀戮成性的元军，逃过一劫。

这样的场面真是惊心动魄！若非祖元临刃念出此偈，也许他就要命丧元军刀下，自然也不可能东渡日本，成为镰仓幕府时期五山文化的主要开创者，中日文化交流也会缺失重要的篇章。

文天祥

文天祥（1236—1283），字履善，一字宋瑞，号文山，吉州庐陵（今江西吉安）人。宝祐四年（1256）进士第一。德祐二年（1276）临安（今浙江杭州）陷落前，以右丞相兼枢密使的身份与元军谈判，被拘。逃归后，辗转至温州。后在福建、江西、广东等地坚持抗元。祥兴元年（1278）拜少保，封信国公。后在广东海丰五坡岭被俘，押至元大都，不屈而死。后人辑其著作为《文山先生全集》。

至温州[1]

万里风霜鬓已丝，飘零回首壮心悲。[2]
罗浮山下雪来未，扬子江心月照谁。[3]
只谓虎头非贵相，不图羝乳有归期。[4]
乘潮一到中川寺，暗读中兴第二碑。[5]

（《文山先生全集》卷一三）

注 释

[1] 此诗在《文山先生全集》卷一三《指南录》中题作“至温州”；明万历九年（1581），浙东兵巡道吴自新以此诗书碑，题作“北归宿江心寺”；清人所编《江心志》《孤屿志》收录此诗，题作“北归宿中川寺”。 [2] 鬓已丝：鬓发变白如丝。壮心：豪壮的志愿，壮志。 [3]“罗浮山”句：用杜甫《归雁》诗意。唐大历二年（767）冬，有大雁飞到岭南怀集县（今属广东肇庆）。杜甫作诗记录这一异事，认为是战乱导致了穷阴极寒的气候变化，将本不过岭的大雁驱赶到了岭南，实为不祥之兆。文天祥借用杜诗暗示南宋小朝廷将如冬天的大雁一样，一路被严寒驱赶，向南逃奔。后来益、广二王确实逃到了南海，并在崖山遇难。罗浮山，在今广东博罗。瓯江北岸亦有罗浮山，与江心寺隔江相望。扬子江：今江苏仪征、扬州一带的长江，古称“扬子江”，因扬子津而得名。 [4]“只谓”二句：指能从元军拘押下逃脱，完全是侥幸。虎头，头形似虎。古时以为封侯之相。羝乳，公羊产乳。比喻不可能的事。 [5] 中兴碑：指《大唐中兴颂》碑。唐代安史之乱结束后，元结于上元二年（761）创作了《大唐中兴颂》，后由颜真卿书写，摹刻于道州浯溪（今属湖南祁阳）崖壁。

赏 析

德祐二年（1276），文天祥被元兵押解到镇江时，伺机逃脱，辗转南归，从海道抵达温州。一个月夜，他渡江来到江心寺，思绪翻涌。瓯江北岸的罗浮山，让他想到了广东的罗浮山，那里是他即将奔赴的战场；瓯江中的明月，让他忆起了扬子江中的明月，那里有他被拘押的同僚。如今他已无富贵之念，但并没忘记最重要的使命。江心寺是宋高宗驻跸之地。宋高宗的中兴功绩还缺少一篇类似《大唐中兴颂》的宏文来给予阐扬。文天祥到江心寺，是为了凭吊，为了朝圣，为了汲取力量以投入更艰苦的斗争。一片丹心，足以映照千秋！

汪如渊　瓯江送别图（局部）

林景熙

林景熙（1242—1310），字德阳，一字德旸，号霁山，世居平阳坳中（今属浙江苍南）。咸淳七年（1271）太学上舍释褐，授泉州教官。历礼部架阁，转从政郎。宋亡不仕。杨琏真伽掘宋帝陵，林景熙与郑朴翁等收拾遗骨，葬于绍兴山中，上植冬青树为识。其作品凄怆悱恻，充满故国情思。著有《霁山集》。

昆　岩[1]

神斧何年凿，南山片石盘。[2]
玉藏仙笥古，翠落县门寒。[3]
老木天边瘦，归云雨外残。[4]
市尘吹不到，朝夕静相看。[5]

（《霁山集》卷一）

注　释

[1] 昆岩：康熙《平阳县志》卷一“昆山”条载“有巨岩冠其巅”。昆山，今名九凰山，在今浙江平阳。　[2] 神斧：鬼神使用的斧斤。喻指大自然超人的力量。　[3]“玉藏”句：江西峡江县有玉笥山，

为道教第十七洞天。相传汉武帝南巡时，于此山设坛祭祀天帝，天降玉筒，遂称玉筒山。筒，方形竹器。 [4]“老木”句：据林景熙《南山有孤树》诗，昆岩之上有一老松。此句形象地写出了老松孤高之状。[5]市尘：比喻城市的喧嚣。

赏 析

昆岩独立昆山之巅，仿佛玉筒由天而降，雄视平阳县城，堪称鬼斧神工。诗的前两联是对昆岩的直接描摹，突出其高古、奇伟。开头以问句发端，破空而来，与昆岩之突兀正相一致。颈联调转笔锋写昆岩景致，以“老”“瘦”状松，“归”“残”绘云，与昆岩之高古相照应。林景熙所居之处南对昆岩，故结句言自己朝夕与昆岩相望，颇有陶诗“悠然见南山”的逸致。

鹿城晚眺[1]

古城仙鹿远，百感赴斜曛。[2]

海气千年聚，山形九斗分。[3]

神鸦饥啄藓，宰木蠹藏云。[4]

何处鸣钲发，春屯又易军。[5]

（《霁山集》卷三）

注　释

[1]题下原注："郭璞卜东嘉城基，有白鹿衔花而出，故名为鹿城。"　[2]斜曛：落日的余晖。　[3]"山形"句：温州城内外有九座小山，错落分布。嘉靖《温州府志》卷二"灵官山"条载："按郡之斗山，海坛、郭公、华盖、松台四山为斗魁，积谷、巽吉、仁王三山为斗柄，灵官、黄土二山为左右辅弼。"　[4]神鸦：栖息在庙里吃祭品的乌鸦。宰木：坟墓上的树木。　[5]鸣钲：敲击钲、铙或锣。古代多用作军队进退的信号。屯：屯戍，军队驻守。易军：调换部队。元代镇戍地方的军队，周岁更调。

赏　析

此诗作于宋亡之后，以温州城的今昔之变抒发黍离之悲。首联借仙鹿已去暗示宋元易代，夕阳之下，诗人百感交集。中间二联写晚眺所见。海气汇聚，山形九斗，不愧为千古名城。但如今庙无香火，原先以庙中供品为生的神鸦只能靠啄食苔藓充饥；坟头老树被蠹出巨大的树洞，吞吐着云气。入眼即是一派萧条景象！尾联从视觉转入听觉，阵阵鸣钲声告诉诗人，镇戍温州的元军又开始每年一次的轮换了。

相传郭璞跨山修筑永嘉郡城，"寇不入斗，则安逸可以长保"。但如今山形依旧，温州城却已处于异族统治之下。诗人明写城市之变，暗写朝代鼎革，寓情于景，字里行间流露出深深的亡国之痛！

张 炎

张炎（1248—1314后），字叔夏，号玉田，又号乐笑翁，祖籍成纪（今甘肃天水），居临安（今浙江杭州）。幼承家学，精通乐理，工于词。宋亡不仕，纵游浙东西，落拓而终。其词多写亡国之痛，长于咏物，词风清空。张炎与姜夔并称“姜张”，与蒋捷、王沂孙、周密并称“宋末四大家”。著有《山中白云词》。

疏 影 题宾月图[1]

雪空四野。照归心万里，千峰独立。身与天游，一洗襟怀，海镜倒涌秋白。[2] 相逢懒问盈亏事，但脉脉、此情无极。是几番、飞盖追随，桂底露衣香湿。[3] 闲款楼台夜色。料水光未许，人世先得。影里分明，认得山河，一笑乱山横碧。[4] 乾坤许大须容我，浑忘了、醉乡犹客。待倩谁、招下清风，共结岁寒三益。[5]

（《山中白云词》卷三）

注　释

[1]宾月：堂名。在平阳县南雁荡山中，堂主人叶氏，字东叔。叶东叔曾将宾月堂绘成图卷，遍征题咏。现存有宋元人题咏宾月堂的赋、诗、词作品多首。　[2]海镜：指圆月。秋白：指秋月的光辉。　[3]飞盖追随：语出曹植《公宴》“清夜游西园，飞盖相追随”。飞盖，驰车。盖，车盖。桂底：指月下。桂，桂树。传说月中有桂树，故以桂树代指月亮。　[4]“影里”二句：古人认为月亮是地球的投影，其中蟾蜍、桂树的影子是陆地的投影，空明处则是江河湖海的投影。说见段成式《酉阳杂俎》卷一。　[5]岁寒三益：即松、竹、梅岁寒三友。指经得起炎凉变化的好友。益，益友。此处指与清风、明月结为益友。

赏　析

这是一首题画词，写作的时间应该在元初。画的内容是平阳叶东叔的宾月堂，张炎就“宾月”二字着墨。上片写景，起笔就以雪喻月，又以“归心万里”暗点宾月堂是叶氏归隐之居，“千峰独立”则写宾月堂所处南雁荡山之环境。所谓“宾月”，即以月为宾。故下面以“相逢”二字逗出叶东叔与明月主宾相款的情状。

下片对景抒怀。“影里分明，认得山河”是其主意。此时南宋已经覆灭，故国的大好河山，只能从月影里去依稀辨认。不过张炎似乎不愿意让自己过度沉浸于亡国悲痛中，随即宕开一笔，将故国之思溶于醉乡里、清风中、明月下。

此词用语工致，色调清寒，意境空阔，颇能体现词人“清空”的风格。

张可久

张可久（1280—约1352），字伯远，一字仲远，号小山。或说字可久，号小山，以字行。庆元（今浙江宁波）人。曾为路吏，转首领官。喜漫游，足迹遍及今江苏、浙江、安徽、湖南一带。为元朝著名散曲家、剧作家，与乔吉齐名，与张养浩合称“二张”。著有《小山乐府》等。

凤栖梧 游雁荡

两袖刚风凌倒景。[1]小磴松声，独上招提境。[2]碧水流云三百顷。白龙飞过青天影。[3]　折脚铛中留苦茗。[4]野菊生花，犹记丹砂井。[5]吹罢玉箫山月冷。题诗人在芙蓉顶。[6]

（《张可久集校注》）

注　释

[1]刚风：罡风。高空强劲的风。　[2]招提：寺院的别称。　[3]白龙：喻指瀑布。雁荡山有大、小龙湫瀑布。　[4]铛：此应指一种温器，有足，可用于温茶。苦茗：苦茶。　[5]丹砂井：《抱朴子·内篇·仙药》

载，有廖姓家宅，每世子孙皆长寿，后迁徙他处，子孙多夭折。时人考究其因，发现廖宅井水中含有丹砂。古人认为饮丹砂井水可得长寿。

[6] 芙蓉：峰名。在雁荡山。沈括《梦溪笔谈》载此山南有芙蓉峰，下芙蓉驿，前瞰大海。

赏 析

题咏雁荡山的词作，以宋末元初王义山的《贺新郎》一阕为最早。张可久继有此作，堪称后劲。

开篇以夸张手法表现雁荡之高峻。“小磴松声”两句由孤寂清雅的登山小径步入禅境。下片由景及情，进一步渲染山间野趣与出世登仙之想。词作意象丰富，笔触细腻。如“碧水流云三百顷”描绘雁荡山之水，足以令人想起“四灵”诗人赵师秀描写雁荡宝冠寺的名句“流来桥下水，半是洞中云”。“白龙飞过青天影”则以奇幻之笔增添了画面的动态美与神秘感。词中所描写的自然景物皆有一种雅洁的风致，与作者的高洁情操相得益彰，读来令人心旷神怡，回味无穷。

李孝光

李孝光（1285—1350），字季和，号五峰，乐清（今浙江乐清）人。少博学，笃志复古。至正七年（1347）以秘书监著作郎召。次年升文林郎、秘书监丞。卒于官。以文章负名当世。著有《五峰集》。

次陈辅贤游雁山韵 [1]

竹杖棕鞋去去赊，一春红到杜鹃花。[2]
山椒雨暗蛇如树，石屋春深燕作家。[3]
老父行寻灵运宅，道人唤吃赵州茶。[4]
明朝尘土芙蓉路，犹忆山僧饭一麻。[5]

（《五峰集》卷七）

注　释

[1] 陈辅贤：曾任乐清宗晦山长、兴宁县主簿，作者诗友。雁山：即雁荡山。　[2] 棕鞋：用棕丝编制的鞋。赊：远。　[3] 山椒：山顶。石屋：石头砌成的房子。多为僧人或隐士所居。　[4] 灵运宅：谢灵运的住宅。相传谢灵运任永嘉郡太守时，行迹曾至雁山南麓筋竹涧，有《从斤竹涧越岭溪行》诗。雁荡山谢灵运宅，或为当时之传闻。赵

州茶：相传赵州禅师（唐代高僧从谂）以一句“吃茶去”来引导弟子领悟禅的奥义。后遂用为典故，并以“赵州茶”指寺院待客的茶水。[5] 芙蓉路：雁荡山南有芙蓉村（今乐清市芙蓉镇），旧设芙蓉驿，为出入雁荡山的南大门。麻：胡麻，即芝麻。此谓胡麻炊成的饭。相传东汉永平年间，剡县人刘晨、阮肇入天台山采药，遇二女子邀至家，食以胡麻饭。留半年，还乡时子孙已历七世。后因以胡麻饭表示仙人的食物。

赏　析

李孝光出生于雁荡山脚下的淀川，对雁荡有着深厚的感情。他所写的《雁山十记》为中国山水散文的名篇，堪与柳宗元《永州八记》媲美。另外，李孝光还写了数十首题咏雁荡山的诗词。

此诗描写了雁荡山的雨中春景，充满野逸之趣，可谓能得其神韵。诗中既有对杜鹃花、燕子等动植物的细腻捕捉，也有对山中幽静生活的向往与回味。特别是颔联“山椒雨暗蛇如树，石屋春深燕作家”，造语警拔，以奇特的意象将雨中山景描绘得奇崛而生动。至于仙佛典故的运用，更将雁荡山与凡俗世界隔绝开来，营造出一种超然物外的美感。

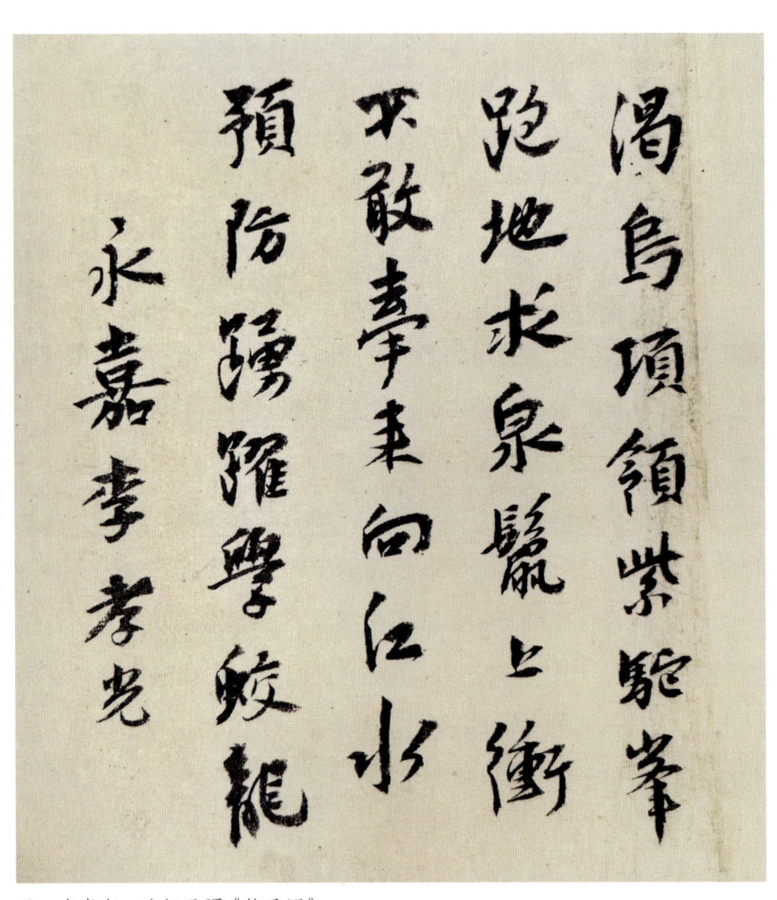

元　李孝光　跋赵孟頫《饮马图》

高则诚

高则诚（约1301—约1370），名明，以字行，瑞安（今浙江瑞安）人。至正五年（1345）进士，授处州录事。元末寓居宁波栎社，创作南戏《琵琶记》。明初曾受征召，以老病辞。著有《柔克斋集》。

游宝积寺[1]

夏日如煎渴思烦，登临极目觉心宽。
半窗宿雨炎歊散，八面清风枕簟寒。[2]
逆旅往来休树下，纤歌远近彻云端。[3]
几回欲挽银河水，好与苍生洗汗颜。

（弘治《温州府志》卷二二）

注释

[1] 宝积寺：在瑞安市飞云镇孙桥村。始建于唐乾符五年（878），宋大中祥符赐额。　[2] 炎歊：热气蒸腾，形容暑热。枕簟：枕席。泛指卧具。　[3] 纤歌：清细的歌声。

赏析

高则诚是我国古代伟大的戏曲家，所创作的《琵琶记》是南戏经典。为了铭记乡贤，瑞安市于 1993 年建成高则诚纪念堂，并于次年对外开放。

从现存为数不多的诗作来看，高则诚也是一位杰出的诗人。《游宝积寺》诗当是高则诚早年在家乡时的作品。诗人为了避暑，来到离家不远的宝积寺。寺外“夏日如煎”，寺内“清风枕簟寒”。诗人坐在僧房窗下，看着来来往往的旅人，听着渺渺歌声，心情之愉快，可想而知。但他并没有忘记外面的酷暑炎歊，从“几回欲挽银河水”的夸张表达中，可以见其胸怀天下、心系苍生的非凡抱负。

明清

刘　基

刘基（1311—1375），字伯温，青田南田（今属浙江文成）人。元统元年（1333）进士，历官高安丞、江浙儒学副提举、处州总管府判。后弃官归里。元至正间朱元璋礼聘为谋士，多用其策。明初拜御史中丞兼太史令，封诚意伯。明武宗时赠太师，谥文成。刘基与宋濂、高启并称“明初诗文三大家”。著有《诚意伯文集》。

梦草堂遣怀[1]

即事在自得，强歌非正音。
所以春草句，声价重兼金。[2]
若人千载下，遗响邈难寻。[3]
凄凉一池塘，赖尔得至今。
我来当杪秋，天净潢潦沉。[4]
枯荷有余馨，衰柳无残阴。
鼓鼙响未已，山水意徒深。[5]
感时念兄弟，恻怆伤我心。[6]

（《诚意伯文集》卷一三）

注　释

[1] 梦草堂：即永嘉郡西堂。旧址在今温州市区人民广场。相传谢灵运任永嘉郡太守时，于此梦弟惠连而得佳句。　[2] 春草句：指谢灵运《登池上楼》名句“池塘生春草，园柳变鸣禽”。兼金：价值倍于普通金子的上好黄金。　[3] 若人：这个人。　[4] 杪秋：晚秋。潢潦：地上流淌的雨水。　[5] 鼓鼙：大鼓和小鼓，古代军中用来发号进攻。借指军事。　[6] 感时：感慨时序变迁或时势变化。

赏　析

元至正十一年（1351），徐寿辉、邹普胜等以红巾为号起义反元，建立“天完”政权，声势波及东南数省。时任江浙儒学副提举的刘基，虑局势有变，从杭州返回故乡。次年，江浙行省任命刘基为浙东元帅府都事，在台州、温州一带从事军事活动。在温州期间，刘基凭吊谢灵运梦草堂遗址，写下了此诗。刘基对谢灵运的才华十分景仰，对他的《登池上楼》诗也评价极高。但目睹枯荷衰柳的惨败景象，再联系烽烟四起、满目疮痍的现实，刘基深感自己就如谢灵运当年那样，在仕隐之间进退维谷。从内心来说，他更愿意享受山水之美与天伦之乐，但时局如此，只能奔走于行伍之间。这首诗充分表露了刘基在元末战乱中的心态。

卓 敬

卓敬（？—1402），字惟恭，瑞安（今浙江瑞安）人。明洪武间进士，除户科给事中。尽谏诤之道，祸福非所计。官至户部侍郎。建文初，疏请徙燕王于南昌。成祖靖难，卓敬被执，不屈而死。遗著散佚，存《卓忠毅公遗稿》。

宝香山[1]

此室不知斗来大，此心不啻天样宽。
白云忽起山在户，红日乍晴人倚栏。
一声两声花鸟好，千树万树松风寒。
诗成大笑出门去，长空浩荡江水浑。

（《东瓯诗存》卷一五）

注 释

[1] 宝香山：在今瑞安市飞云镇屿头村，为卓敬早年读书之处。

赏析

这首诗是卓敬早年读书于宝香山时的作品。书室虽小，他的志向却很大。中间二联写所见之景，明丽如画，正如其宽广纯净的心胸。所谓“有志尚者，遂能磨砺，以就素业”，卓敬后来能成为一代名臣，此诗已露端倪。

明　唐寅　山居图（局部）

黄　淮

黄淮（1367—1449），字宗豫，号介庵，永嘉（今浙江温州）人。洪武三十年（1397）进士，授中书舍人。历仕洪武、建文、永乐、洪熙、宣德五朝，以少保、户部尚书兼武英殿大学士致仕。优游家山二十余年。卒谥文简。著有《介庵集》《省愆集》。

游五美园[1]

清晓肩舆入翠微，溪流曲折护岩扉。[2]
布金戧地徒成幻，卓锡为庵信不非。[3]
翠竹黄花俱净供，风声鸟语总禅机。[4]
碧潭龙语知人意，收却阴云送客归。[5]

（《东瓯诗存》卷一六）

注　释

[1] 五美园：在今温州市瓯海区茶山镇罗丰村。　[2] 肩舆：轿子。岩扉：岩洞的门，指隐士的住处。　[3] 布金戧地：用佛教“金沙布地”典故。据《贤愚经》记载，舍卫国大臣须达求购祇陀太子的园林，用来建造供奉佛陀的精舍。太子戏言如能以黄金布地，便以地相让。须

达取金布地，建起了“祇树给孤独园”。卓锡：拄立锡杖。指僧人在某地居留。 [4]净供：供品的美称。 [5]碧潭：指卧龙潭。在茶山之上。

赏 析

黄淮晚年致仕之后，隐居于茶山南柳村。其隐居之所离五美园不远，因而乘暇往游。黄淮清晨入山，缘溪而行。山环水绕，眼前突现一座宏伟的寺院（应即今实际寺）。所写景物皆与寺庙有关，极富禅趣。此地山顶有卧龙潭，原为求雨之所，潭中卧龙得知诗人来游，也成人之美，特意收起阴云，放出晴天，让人尽兴而归。

明　黄淮　题名拓片

桑　瑜

桑瑜，字廷瓒，号检斋，常熟（今属江苏）人。天顺三年（1459）举人。成化十三年（1477）任温州府通判。在任澄汰灶丁，关心民生疾苦，有政声。

戊戌春盘盐南监寓芦江寺[1]

脱却轮蹄到上方，回头尘海转茫茫。[2]
隔帘啼鸟东风软，满地落花春雨香。
催课一心关铁冶，计程何日到金乡。[3]
老僧独坐清如许，却笑官家有底忙。[4]

（民国《平阳县志》卷九六）

注　释

[1] 此诗应作于成化十四年（1478）。盘盐：盘查盐务。南监：即天富南监盐场，始设于北宋。芦江寺：即芦江报恩寺，始建于唐大中十三年（859）。南监盐场及芦江寺皆在今龙港市芦浦片区。　[2] 轮蹄：车轮与马蹄。代指车马。上方：住持僧居住的内室。借指寺院。[3] 催课：催征税赋。铁冶：炼铁，亦指炼铁之所。计程：计算路程。

金乡：指金乡卫，洪武二十年（1387）设。故址在今苍南县金乡镇。
[4] 官家：对官员的尊称。

赏　析

南监场是明代温州沿海五大盐场之一。成化年间盐场灶户不堪盘剥，纷纷逃亡。桑瑜作为温州府通判，整顿盐务是其职责。这首诗就记录了他到南监场处理盐务，在芦江寺歇脚的“出差”经历。时值春雨过后，东风吹动门帘，送来枝头小鸟的清唱，满地落花散发着清香，一派怡人的风光。但因系心公务，诗人无心欣赏，他所关心的是冶铁的税额，以及何时能到达金乡卫所。老僧不理解，笑着问他为什么这么匆忙。这首诗有风景，有场面，有内心活动，有人物问答。结句以老僧之清闲，衬托诗人之忙碌，让我们看到了古代地方官员的工作状态，十分生动。

文　林

文林（1445—1499），字宗儒，长洲（今江苏苏州）人。成化八年（1472）进士。授永嘉知县。擢南京太仆寺丞，告病回籍。后起为温州知府，卒于任。著有《文温州集》。

答　迓[1]

父老欣欣向我亲，争看当日宰官身。
依然平昔丹心在，只比从前白发新。
行历旧游伤往事，不忘遗爱愧斯民。[2]
春风二十年间梦，却笑今来更任真。[3]

（《文温州集》卷一）

注　释

[1]迓：迎接。　　[2]遗爱：把德惠遗留给后人。多指有德政的人而言。
[3]任真：率真任情，不加修饰。

赏 析

文林曾两度在温州任官。成化年间首任永嘉知县，弘治十一年（1498）再任温州知府，中间隔了二十多年。文林任永嘉知县时，就留下了非常好的名声。得知文林来任知府，温州百姓无不庆幸，派老人作代表，远道迎接。文林作诗答谢，思绪在过去和现在之间来回切换。诗的语气平和亲切，就如跟老朋友唠嗑一样，从中可以感受到文林的亲民形象。

文林任温州知府的第二年就因病逝世。温州百姓为其募集丧葬之资，被其子文徵明婉言谢绝。温州百姓在华盖山修建“却金亭”，来表达对文氏父子的景仰。

王　瓚

王瓚（1462—1524），字思献，永嘉（今浙江温州）人。弘治九年（1496）榜眼。授翰林院编修，官至礼部左侍郎。卒，赠礼部尚书，谥文定。所著今存《瓯滨摘稿》。

寄芙蓉精舍扁字回开元寺[1]

五月芙蓉繁更红，诗题僧舍无纱笼。[2]
去秋已预五魁列，今春亦预三魁中。[3]
从此此花成此瑞，僧舍合扁芙蓉字。
天人交际机括微，于今始识花神意。[4]

（《瓯滨摘稿》）

注　释

[1] 开元寺：始建于东晋太宁年间，初名崇宁寺，唐改开元寺。故址位于今温州市区公园路东南大厦一带。　[2] 芙蓉：此应指木芙蓉，秋季开花。纱笼：以纱蒙覆。五代王定保《唐摭言》记载，唐宰相王播年少孤贫，寄住扬州惠照寺木兰院，为僧人所辱。后官淮南节度使，出镇扬州，再至寺中，见早年题壁之诗，都已被僧人用碧纱笼罩起来。

[3] 五魁：即五经魁，指乡试前五名。明代科举分五经试士，每经所取第一名谓之经魁。乡试中每科前五名必须分别是某一经的经魁，故称五经魁。其后五经试士制虽废，但习惯上仍称乡试所取前五名为五经魁。三魁：指殿试前三名，即状元、榜眼、探花。　[4] 机括：机关。

赏　析

王瓒未登第时，曾读书于开元寺中。弘治八年（1495），寺院的木芙蓉竟然于五月开花（正常花期在秋天），人人惊为异事。当年秋天，王瓒高中乡试“经魁”，第二年春天，又以榜眼及第。人们这才明白，木芙蓉五月开花的祥瑞原来应在了王瓒身上。王瓒高中榜眼的消息传回故乡，他在开元寺读书的地方就变成了一处科举“圣地”。王瓒也特地书写了“芙蓉精舍”四字匾额，从京师寄回开元寺，并赋诗记录了这段佳话。

王叔果

王叔果（1516—1588），字育德，号西华，永嘉（今浙江温州）人。嘉靖二十九年（1550）进士。历官兵部员外郎、郎中，湖广参议，广东按察司副使。著有《半山藏稿》。

元宵东瓯王庙观灯同兵宪郡伯诸公（其一）[1]

花灯灿烂际芳辰，宝殿崔峨属鼎新。[2]
惊睹繁星悬碧落，还看绣陌拥朱轮。[3]

（《半山藏稿》卷六）

注　释

[1] 东瓯王庙：坐落在温州市区华盖山西麓。庙为纪念驺摇而建。旧址在海坛山麓，世称永嘉地主昭烈广泽王。明洪武初诏定为汉东瓯王，每年三月初八日进行祭祀。成化间永嘉知县文林改东岳庙为东瓯王庙。[2] 鼎新：更新。时东瓯王庙重建不久。　[3] 碧落：天空。道家认为东方最高天有碧霞遍布，故称。绣陌：绮丽如绣的市街。朱轮：漆成朱红色的车轮。指显贵者所乘的车驾。

赏析

嘉靖初年，东瓯王庙的门廊毁于台风，主体建筑也因年久失修而逐渐倾圮。万历八年（1580），王叔果、叔杲兄弟出资重建东瓯王庙。这组诗作于万历九年，故有“宝殿崔峨属鼎新”之句。第一首集中写元宵节最重要的活动——观灯。人间的花灯与天上的繁星交相辉映，街道上熙熙攘攘，挤满了观灯的人群。人们既是为了欣赏花灯，当然也是为了欣赏东瓯王庙重建后的“崔峨”雄姿。

明　佚名　上元灯彩图（局部）

梁辰鱼

梁辰鱼（1519—1591），字伯龙，号少白，昆山（今属江苏）人。性不羁，以例贡为太学生。与魏良辅等过从甚密，通音律，好度曲。所作传奇《浣纱记》最有名。另著有诗文集《梁国子生集》《鹿城诗集》等。今人编为《梁辰鱼集》。

自破桑园过鹿渡澜南登小岀大岀二岭作[1]

南游辞家几千里，踏遍海上诸山尖。
蛮童烧山能种谷，溪女汲井解成盐。
烟萝时逢赤松子，云路常随白玉蟾。[2]
千峰万壑走不定，飞流遥见珍珠帘。[3]

（《梁辰鱼集·鹿城诗集》卷一九）

注　释

[1] 小岀大岀二岭：应即今苍南县大渔镇的小岙村、大岙村。岀（嵒），是岙（嶴）的误写。破桑园、鹿渡澜亦为附近地名。今大渔镇大岙村与小岙村之间有芦竹湾，疑即鹿渡澜。　[2] 赤松子：相传为上古时的神仙。白玉蟾：南宋道士，内丹理论家，道教南宗五祖之一。

[3] 珍珠帘：珍珠编织的帘幕。比喻瀑布。小岀岭有龙井瀑布。

赏　析

梁辰鱼的父亲梁介，官平阳县学训导。嘉靖三十二年（1553），梁辰鱼来平阳省亲，遍游境内山水。从“踏遍海上诸山尖”的诗句来看，梁辰鱼颇喜猎奇，故而足迹远至僻远的小岙岭和大岙岭。在山海之间，他看到了“蛮童”“溪女”古朴的生活场景，仿佛追随仙人的脚步进入了一个世外桃源。尾联形象地写出了岭行的感受，长长的山岭，蜿蜒的沟壑，变化无穷，不经意间，看见一道瀑布如珠帘般挂在远方的山崖上，与陆游的“山重水复疑无路，柳暗花明又一村”有异曲同工之妙。

戚继光

戚继光（1528—1588），字元敬，号南塘，山东登州（今烟台市蓬莱区）人。袭职为登州卫指挥佥事。嘉靖中调浙江，任参将。嘉靖四十年（1561）平浙东倭患，进秩三等。次年援闽有功，进署都督佥事。四十二年再援福建，升福建总兵官。隆庆初，以都督同知总理蓟州、昌平、保定三镇练兵事。后命为总兵官，镇守蓟州、永平、山海诸处。万历初以守边功进左都督。后改调广东，旋罢归。著有《止止堂集》。

援闽过平阳

铁骑长驱千里余，几回清梦到樵渔。
停杯听雨分秋漏，忧国瞻云启夜庐。[1]
天末有怀看易老，客中无计可容疏。[2]
何时投传来东海，还向蓬莱一卜居。[3]

（《止止堂集·横槊稿》卷上）

注　释

[1] 瞻云：展望云气，观察天气阴晴。庐：指军中庐帐。　[2] 天末：

天尽头。指边远地方。有怀：有所感怀。指怀念亲友。杜甫《天末怀李白》诗有“凉风起天末，君子意如何”句，此用其意。疏：疏闲。　[3]投传：指弃官。传，符信。此指将官印信。卜居：择地居住。

赏析

嘉靖四十一年（1562），戚继光奉命率浙江兵入闽抗倭，自温州出发，由海道抵平阳，再由陆路入闽。此诗作于在平阳宿营之时，诗人在戎马倥偬中抒发了思念亲友之情，归隐此地之愿。颔联景中见情，最耐咀嚼。援闽任务十分急迫，但偏偏遇上秋雨。戚继光生怕明天行军受到影响，不能早日入闽作战，停下酒杯，仔细分辨雨声大小，独坐帐中，不能入睡，最后更是走出帐外，瞻望云气。其心思之细致、谋虑之周到，以及对待战事之审慎，真不愧是一位饱经战阵的抗倭名将！

焦竑

焦竑（1540—1620），字弱侯，江宁（今江苏南京）人。万历十七年（1589）状元及第。授翰林院修撰，寻迁东宫讲读官。因官场倾轧而连遭贬谪，遂辞官归，潜心著述，一时最称渊雅。著有《澹园集》。

雁宕看龙湫天柱峰晚宿能仁寺[1]

青霞长日护松门，一入名蓝下界分。[2]
飞瀑冥蒙疑挟雨，孤峰夭矫欲排云。[3]
林深忽送玄猿啸，夜静时闻瑶草熏。[4]
好趁天风凌海峤，满空鸾鹤下仙群。[5]

（《澹园集》卷四一）

注释

[1]雁宕：即雁荡。或谓以水称雁荡，以石称雁宕。龙湫：雁荡山有大、小龙湫。能仁寺：在雁荡山丹芳岭下，为雁荡十八古刹之一。 [2]松门：前植松树的屋门。这里指能仁寺的大门。名蓝：有名的寺院。此指能仁寺。蓝，伽蓝，佛寺的通称。下界：人间。 [3]夭矫：纵

恣貌。排云：排开云层。多形容高。　　[4]瑶草：传说中的香草。熏：气味侵袭。　　[5]鸾鹤：鸾与鹤。相传为仙人所乘。

赏　析

万历二十五年（1597），焦竑由东宫讲读官谪福建福宁州同知，赴任途中，游览了雁荡山。此诗没有明确的方位和时间概念，而是将不同时间、不同景点、不同感官糅合在一起写。起笔就写夜宿能仁寺，颔联写龙湫和天柱峰，颈联又回到能仁寺写夜景，尾联抒发感想，总束全篇。从时间上说，颔联所写为白天游览之事，却置于夜宿能仁寺之后。从空间上说，雁荡山有大、小龙湫，大龙湫与能仁寺相去不远，小龙湫与天柱峰都在灵岩寺旁，作者所游是其中之一还是二者全部，完全不加提示。从感官上说，飞瀑孤峰是目之所见，林深猿啸是耳之所听，夜静草香是鼻之所闻，鸾鹤仙群是心之所想。各种意象纷至沓来，互相叠加，犹如电影的蒙太奇手法，在时空转换之间，给人留下鲜明的印象。

元　李昭　雁荡图卷（局部）

汤显祖

汤显祖（1550—1616），字义仍，号海若、若士、清远道人，江西临川（今抚州市临川区）人。万历十一年（1583）进士。初授南京太常博士，迁礼部主事，以言事谪徐闻典史，迁遂昌知县，弃官归。归后以词曲自娱。作有传奇《紫箫记》《紫钗记》《还魂记》《南柯记》《邯郸记》。著有《红泉逸草》《问棘邮草》等。

雁山迷路

借问采茶女，烟霞路几重？

屏山遮不断，前面剪刀峰。[1]

（《玉茗堂全集·诗集》卷一三）

注　释

[1] 剪刀峰：在雁荡山大龙湫景区。峰体深黛色，高百余米。从不同角度看，形态各不相同，故又有一帆峰、玉柱峰、卷旗峰等不同名称。

赏　析

诗句明白如话。诗人大概是要去大龙湫，结果因为烟霞缭绕，迷失了方向，只得向采茶女问路。采茶女回答道：在那一片如屏风展开的山崖后面高高耸立的，就是剪刀峰。只要转过剪刀峰，就是大龙湫了。

表面上看，“剪刀”只是山峰的名字。但在诗人笔下似乎另具深意，那巨大的剪刀能剪断重重迷雾，层层魔障！诗歌读来朴实而富含理趣。

何　白

何白（1562—1642），字无咎，号丹丘生，又号鹤溪老渔，原籍乐清，幼时随父迁居郡城（今温州市区）。少力学，以家贫为吏。温州府学教授龙膺赏其才，为延誉缙绅间。曾游吴楚，与王世贞、陈继儒、吴国伦等交游，诗名鹊起。著有《汲古堂集》。

南麂四首（其一）[1]

青天寒写万峰高，挂席来观碧海涛。

便欲因之龙伯国，看予一钓掣神鳌。[2]

（《汲古堂集》卷二二）

注　释

[1] 南麂：海岛名。南麂列岛位于温州市平阳县以东海域，因主岛外形似一只头朝西北、尾朝东南的麂而得名。现为国家级海洋自然保护区，有"贝藻王国"之美誉。　[2] 龙伯国：古代传说中的大人国。相传国中有人"一钓而连六鳌"。见《列子·汤问》。

明　何白　九畹华滋图卷（局部）

赏　析

南麂岛孤悬海上，人迹罕至，鲜见题咏。嘉靖间倭寇袭扰温州，曾据南麂为巢穴。倭乱平息后，设南麂副总兵。何白在波恬浪静的和平时期登岛游览，为南麂岛留下了最早的诗篇。

此首写乘舟往游，海上见岛屿山峰无数。南麂列岛由大小五十二个岛屿组成，一座座山峰矗立在洋面，在碧海蓝天的映衬下，幽冷苍翠，引人遐想。何白联想到了传说中的龙伯国，“一钓掣神鳌”更抒发了他的豪情壮志。

袁中道

袁中道（1570—1626），字小修，号凫隐，公安（今湖北公安）人。万历四十四年（1616）进士。授徽州教授，迁国子监博士。后官南京礼部主事、吏部郎中。袁中道与兄宗道、宏道并称“公安三袁”，是“公安派”的代表作家。著有《珂雪斋前集》《珂雪斋近集》等。

池上楼诗为张见一赋[1]

青山在城市，红尘霏烟雨。
近嶂吐新眉，澄潭流净乳。
枕巘置台榭，开径为场圃。[2]
风柯有清音，霜叶代屡舞。[3]
千里裹粮游，得之在步武。[4]
饮食烟峦俱，无劳攀跻苦。[5]
客儿犹是客，宁若君为主？[6]
未能忘曲盖，宁久与山伍？[7]

张君素心人，水石为肺腑。[8]

若入莲社中，必为远公取。[9]

美哉池上楼，日夕可挥麈。[10]

他年得追游，为作山居谱。[11]

（《珂雪斋前集》卷八）

注 释

[1] 张见一：即张阳纯，字见一，永嘉（今浙江温州）人。万历二十二年（1594）举人。天启间官顺昌知县、刑部郎中。其所居在积谷山下，书楼名曰池上楼。 [2] 枕巘：靠着山头。场圃：种植蔬菜或花木的园圃。 [3] 风柯：被风吹动的树枝。 [4] 裹粮：带着干粮。步武：六尺为步，半步为武。形容距离很近。 [5] 烟峦：云雾笼罩的山峦。 [6] 客儿：指谢灵运。 [7] 曲盖：仪仗用的曲柄伞。指出仕为官。 [8] 素心人：指心地纯洁、世情淡泊的人。 [9] 莲社：即白莲社。东晋高僧慧远、慧永与刘遗民、雷次宗、宗炳等结社于庐山东林寺，同修净土，并掘池植白莲，号为白莲社。远公：指慧远。东晋高僧。住庐山东林寺，为白莲社主。谢灵运曾求入白莲社，为慧远所拒。 [10] 挥麈：挥动麈尾。魏晋人清谈时常执麈尾，谈到兴奋时便常常挥动麈尾。因称清谈为挥麈。 [11] 追游：追随游览。

赏　析

这首诗是袁中道应张阳纯之请作的，他并未亲临现场，但读起来现场感却很强。首句即点出温州城中五山错落的特点。具体到池上楼，则积谷山近在眼前，春草池伸手可掬。别人游玩山水需要裹粮远行，张阳纯却举步可得。袁中道认为张阳纯比谢灵运还要幸运，谢灵运只是山水的客人，张阳纯则是山水的主人。而且张阳纯也比谢灵运更有资格享受山水，谢灵运有曲盖之心，而张阳纯是素心之人。袁中道认为，如果张阳纯生在东晋，肯定能被慧远大师邀入白莲社。袁中道最后表达了对张阳纯的羡慕之情，并希望有机会来温州游览。但遗憾的是，这位“公安派”的大作家，始终没有找到机会与池上楼来个近距离“握手”。

王思任

王思任（1575—1646），字季重，号遂东、谑庵，山阴（今浙江绍兴）人。万历二十三年（1595）进士。累迁屯田员外郎，出为九江佥事，罢归。南明鲁王监国，拜礼部侍郎。清兵陷绍兴，绝食而死。著有《谑庵文饭小品》《避园拟存》等。

大龙湫

共知欢雁宕，我独畏龙湫。
穴暗如巡狱，雷腥欲搅虬。
剪峰毛粟竖，射雨鬓丝愁。[1]
神物终难料，生身莫浪游。

（《王季重先生文集》卷一）

注　释

[1] 剪峰：剪开山峰。瀑布从山崖挂下，好像把山体从中间剪开。粟：鸡皮疙瘩。

明　李流芳　雁荡观瀑图（局部）

赏　析

王思任把《大龙湫》写成了简约版《蜀道难》。诗以一个“畏”字统领全篇。岩穴深广幽邃，瀑水壮盛如雷，山崖如被剖开，飞沫激射如箭。最令诗人担心的，是潭水散发着腥气，里面可能潜伏着虬龙之类的神怪之物。诗人最后发出告诫：神奇灵异的东西，往往潜藏着难以预料的危险，人身贵重，不要无谓地猎奇冒险！

杨文骢

杨文骢（1597—1646），字龙友，贵阳（今贵州贵阳）人，流寓南京。万历四十七年（1619）举人。崇祯时官江宁知县。南明福王时官兵部郎中。唐王朱聿键自立于福州，授兵部右侍郎兼右佥都御史，提督军务。坚持在江浙一带抗击清军，隆武二年（1646）败退至福建浦城，被俘，不屈而死。著有《洵美堂诗集》。

过宿刘文成公故里成四律以识仰止（其二）[1]

万山绝顶地偏嘉，卜筑应须第一家。[2]
运际从龙题竹帛，功成骑鹤泛桃花。[3]
衮衣国宝尊丹陛，绿字传经护绛纱。[4]
偶为观风歌仰止，亦思买地种桑麻。[5]

（《洵美堂诗集》卷五）

注　释

[1] 刘文成公：即刘基。刘基故里在今温州市文成县南田镇。　[2] 卜筑：选地造房。　[3] 从龙：随从帝王创业。竹帛：竹简和绢。古代用竹简和绢帛书写文字，故用以代指书籍、史册。骑鹤：谓仙家、

道士乘鹤云游。桃花：桃花源。这里借指刘基故里。　　[4] 衮衣：古代天子及上公的礼服。国宝：国家的宝器。丹陛：宫殿中红色的阶梯。借称朝廷或皇帝。绿字：古代石碑上刻的文字，填以色漆。绛纱：红纱。[5] 观风：观察风俗得失。

赏　析

这首诗创作于明崇祯十三年（1640）。杨文骢以青田知县的身份下乡观风，来到南田——那时的南田还是青田县的辖地。杨文骢对刘基故里的形胜，以“地偏嘉”三字作为评价；对刘基的家族，以“第一家”作为评价。对刘基审时度势，辅佐朱元璋开创大明王朝，杨文骢深表景仰；对刘基急流勇退，悠游于这一方世外桃源，杨文骢赞叹不已。刘基故里还保留着衮衣、碑碣等文物，无一不是刘基身前恩宠和身后殊荣的见证。出于对刘基人品功业的仰慕，也出于对南田风土的喜爱，杨文骢不由萌发了买地卜居的想法。这首诗是明王朝落幕时的一位烈士向王朝“开国帝师”的致敬。

黄宗羲

黄宗羲（1610—1695），字太冲，号南雷，学者称梨洲先生，余姚(今浙江余姚)人。曾组织义兵抗清，称“世忠营”。兵败归里，隐居著述以终。黄宗羲为明末清初著名思想家。所学至为淹博，著有《宋元学案》《明儒学案》《南雷文集》等。

夜宿雁荡灵岩 [1]

千峰瀑底挂残灯，雾障云封不计层。

咒赞模糊昏课毕，乱敲铜钵迓归僧。[2]

（《南雷诗历》卷一）

注　释

[1] 灵岩：指灵岩寺，在今雁荡山灵岩景区，为雁荡十八古刹之一。

[2] 咒赞：佛教用语，指唱诵经文。昏课：晚课。佛教寺庙中的功课，指僧侣在傍晚进行的宗教修行或诵经活动。铜钵：一种乐器。多用作佛教法器。

赏析

黄宗羲曾于明崇祯十三年（1640）岁末至次年春初游历天台山和雁荡山，写下了《台雁笔记》和诸多诗作，其中就包括这首诗。诗的前两句写景，画面感极强：小龙湫从灵岩寺上方的千寻绝壁挂下，入夜之后，一片黝黑，只有数星灯火闪烁着微光；层层云雾遮挡了诗人的视线，眼前的景色朦胧缥缈。诗的后两句记事：山间隐隐传来诵经的声音，突然铜钵响起，知道是晚课结束，僧人即将归去歇息。此诗角度新奇，笔势奇崛，格调幽冷。前两句描写灵岩寺坐落在四面高峰和小龙湫瀑布之下，极为传神地勾勒出了灵岩寺的夜景特征，后两句写隐隐传来的诵经声和铜钵声，更为名胜之地增添了一层神秘色彩。这首诗也是描写雁荡夜景的难得佳作。

施闰章

施闰章（1618—1683），字尚白，号愚山、蠖斋、矩斋，宣城（今安徽宣城）人。顺治六年（1649）进士，历官江西布政司参议、分守湖西道等。施闰章与宋琬并有诗名，合称“南施北宋”。著有《学余诗集》《学余文集》等。

东瓯大观亭[1]

海隅初解甲，霜际一登台。[2]

正尔临风处，能闲到手杯？

孤城环水白，九斗拂云开。

谢客岩前过，徒怜春草摧。

（《施愚山先生全集·学余诗集》卷三一）

注释

[1]大观亭：坐落在温州市区华盖山山顶，是温州现存规模最大的古亭。其初建年代无从考证，现亭为清同治六年（1867）重建。　[2]海隅：海角，海边。常指僻远的地方。这里指温州。解甲：脱下作战时穿的铠甲。此指停止战争或结束军队生活。

赏 析

康熙十六年（1677）秋，施闰章游历温州，登上华盖山顶的大观亭，临风把酒，眺览全城。在三藩之乱中，分封于福建的靖南王耿精忠派部将占领温州。此诗创作时，耿精忠已降，恢复和平的温州城显得格外幽静安宁。“孤城环水白，九斗拂云开”，是对温州城形势的生动刻画。从大观亭往南，似乎可以看到积谷山上的谢客岩。积谷山下，就是谢灵运写出千古名句“池塘生春草”的地方。但时值秋深霜陨之际，万物肃杀，谢灵运诗中的“春草”，如今也萎黄了。

当然，施闰章并不是真的在感慨春草萎黄，他所感慨的仍是温州城刚刚经历的战乱破坏。不过春草年年生，饱经沧桑的温州城也自有恢复能力和无限生机！

张煌言

张煌言（1620—1664），字玄箸，号苍水，鄞县（今属浙江宁波）人。崇祯十五年(1642)举人。南明鲁王监国，官至兵部侍郎。张煌言坚持抗清斗争达二十年之久。康熙三年（1664）被俘，不屈而死。著有《张苍水集》。

会师东瓯漫成

瓯越江声动鼓鼙，霸图南北似鸡栖。[1]
谁为揖客称司马，独将游兵是水犀。[2]
箸借自来非为汉，瑟操犹恐未工齐。[3]
十年种蠡成何事，敢向人前说会稽？[4]

（《张苍水集》卷三）

注 释

[1] 瓯越：即东瓯。霸图：霸业。鸡栖：《战国策·秦策》载“诸侯不可一，犹连鸡之不能俱止于栖”。栖，鸡栖息之所。缚在一起的鸡互相牵制，喻不能齐心。 [2] 揖客称司马：用高进之事。《三十国春秋》载高进之谒征北将军刘牢之：“牢之揖客，问所长，进之曰：

‘善以计数中密事。’牢之问部下甲兵刍粮，进之布指算，不爽，乃辟行军司马。”游兵：流动作战的小股军队。水犀：披水犀甲的水军。多借指水上劲旅。　　[3]箸借：用张良借箸故事。楚汉相争时，郦食其劝刘邦分封六国之后。张良借筷子为刘邦筹划形势，避免了分裂割据，成就统一大业。“瑟操”句：用齐门鼓瑟事。韩愈《答陈商书》记齐王好竽，有善于鼓瑟者，抱瑟于齐宫之门以求进用，三年不得见，“是所谓工于瑟而不工于求齐也”。　　[4]种蠡：即文种和范蠡，皆为越王勾践的谋臣，助勾践灭吴后，范蠡功成身退，文种不听劝告，最终被赐死。会稽：今浙江绍兴。越王勾践曾在此被吴国击败。

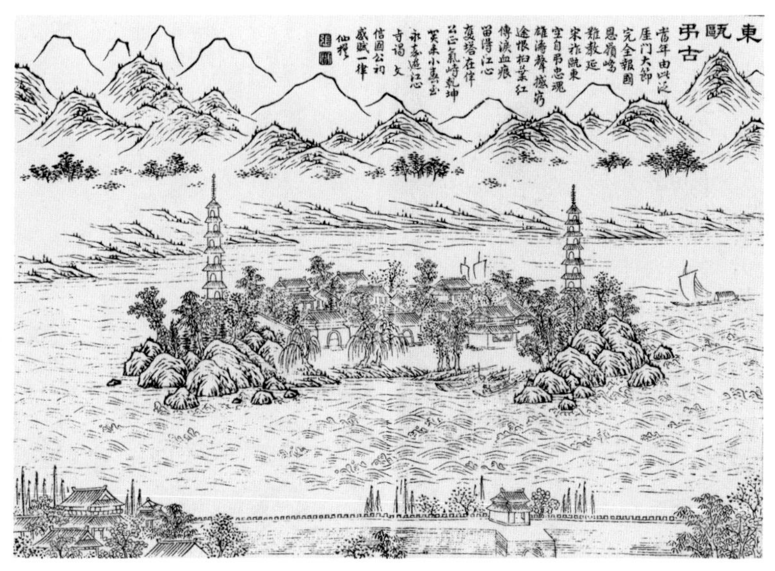

清　张宝　东瓯吊古图

赏 析

顺治十六年（1659），东南抗清的两支重要力量郑成功部和张煌言部，在温州会师北伐。进入长江后，郑成功部连克瓜洲、镇江，包围南京，张煌言部亦攻克芜湖一带十余府县，一时江南震动。

张煌言心怀恢复朱明旧疆的大志，而会师之后，他深感抗清力量薄弱，更兼自己所在的鲁王集团与郑成功集团矛盾重重。他深怕自己的才能不足以担当重任，以致抗清多年，仍不能和文种、范蠡一样，辅佐越王勾践复国。诗中处处用典，初读颇觉晦涩。但深入了解典故的含义后，便能感受到一位抗清义士忧国如家、义无反顾的精神，令人动容。

项师契

项师契，字玄生，号仰平，平阳蒲门（今属浙江苍南）人。明崇祯诸生。著有《三蒲综核》。

十禽言（其二）[1]

吾蒲于顺治十八年辛丑闰七月一日奉迁，大兵翼日抵蒲，尽驱男妇出城。三百年之生聚，一旦俱倾；十万户之居庐，经爨而尽。况时大火流金，狂霖漂石，僵饿载道，襁负塞途。或旅处深山，喂虎之口；或颠连古渡，葬鱼之腹。甚至鬻妻卖子，委壑填沟。万种惨伤，一言难尽。谁绘民图，叩九阍而呼吁；聊托鸟语，向三春以哀鸣。则十禽十言，尽是流离之景况；而一声一泪，无非危苦之情辞。如居高闻之，必动抚绥之念；即后人诵此，犹余琐尾之悲云尔。[2]

借屋住住，灶房卧房共一处。
地为床，衣作被，居停之居神佛座。[3]
父母妻儿共坐眠，相看泪珠浑如注。
那里去，借屋住住。

（民国《平阳县志》卷七三）

注　释

[1]禽言：诗体名。以禽鸟为题，将鸟名隐入诗句，象声取义，以抒情写态。[2]《十禽言》诗十首，此为组诗序。燹：兵火。襁负：用布幅包裹小儿而负于背。民图：即《流民图》。北宋熙宁年间发生蝗旱灾害，百姓流离失所，郑侠画成《流民图》献给神宗皇帝，上书言时政之失。抚绥：安抚。琐尾：谓颠沛流离，处境艰难。《诗经·邶风·旄丘》："琐兮尾兮，流离之子。"　[3]居停：寄居的处所。

赏　析

顺治十八年（1661），为阻断郑成功水师同沿海居民的联系，清政府下令对沿海居民实施大规模的强制迁徙政策，史称"迁海"或"迁界"。项师契亲历了这场浩劫，悲愤地写下《十禽言》，真实地记录了温州沿海民众背井离乡的悲惨遭遇，辛辣地批评了清政府的残暴。

《十禽言》包括男言、女言各五首，男言诗"借屋住住"为组诗第二首，借燕子之口描写了被迁民众拖家带口，流离失所，借住在破庙之中，蜷缩于神龛之下，以地为床，以衣为被，相对垂泪，彻夜难眠的惨状。

朱彝尊

朱彝尊（1629—1709），字锡鬯，号竹垞，晚别号小长芦钓鱼师、金风亭长，秀水（今浙江嘉兴）人。康熙十八年（1679）举博学宏词，授检讨，纂修《明史》。后充日讲起居注官，出典江南乡试，入直南书房，罢归后闲居著述。朱彝尊为诗与王士禛合称“南朱北王”；作词开浙西词派，与陈维崧合称“朱陈”。著有《曝书亭集》《经义考》等。

东瓯王庙

九牧维扬外，三江霸越余。[1]
入关从汉约，遵海裂秦墟。[2]
豪俊宜如此，艰难气不除。
策功夷项籍，分壤接无诸。[3]
迹异尊黄屋，忠能奉简书。[4]
长沙堪伯仲，百濮定何如？[5]
万古开王会，孤城指帝车。[6]
灵旗存仿佛，过客尽欷歔。[7]

殿瓦年频坼，霜林日渐疏。

躨跜山鬼立，苔藓石堂虚。[8]

侧想风云会，乘时草昧初。[9]

远涂今日暮，下拜独踌躇。

（《曝书亭集》卷六）

注　释

[1] 九牧：九州。三江：此应指吴江、钱塘江、浦阳江。其流域属越国国境。霸越余：传说东瓯王为越王勾践之后，故称。霸越，指越王勾践。　[2]“入关”句：秦末，驺摇曾率族众跟从吴芮参加反秦战争。后来在楚汉战争中，驺摇佐汉灭楚。秦墟：秦的故地。秦始皇统一天下后，曾设闽中郡，东瓯属于闽中郡。　[3] 策功：将功劳记在简策上。无诸：闽越王，相传为越王勾践之后。闽越国的范围相当于今福建省全境。东瓯国在闽越国北面，与闽越国接壤。　[4] 黄屋：古代帝王专用的黄缯车盖，代称帝王。　[5] 长沙：指长沙王吴芮。吴芮相传为吴王夫差后裔，秦时任番阳令，号“番君”。秦末率百越之师参加反秦战争，因功被封为衡山王。在楚汉战争中，佐汉灭楚。汉高祖五年（前 202），徙封为长沙王。百濮：古代泛指西南少数民族。[6] 王会：旧时诸侯、四夷或藩属朝贡天子的聚会。帝车：即北斗星。温州有“斗城”之称。　[7] 灵旗：神灵的旗子。　[8] 躨跜：蹲伏貌。　[9] 草昧：蒙昧，未开化的时代。

赏　析

朱彝尊因受魏耕通海案牵连，于康熙元年（1662）避居温州，在永嘉知县王世显幕府中作书记。此诗前半部分主要叙述东瓯王驺摇的功绩：从诸侯灭秦，助刘邦灭楚，领地与闽越国相接，功劳与长沙王媲美。从此温州开始通贡上国，并有了城池。后半部分写眼前的东瓯王庙：因年久失修，殿瓦开裂，苔藓满地，一幅衰败景象。

面对明清鼎革的巨变，朱彝尊在东瓯王庙前徘徊唏嘘，对东瓯王开辟草莱的豪俊气概三致意焉，可以说是伤心人别有怀抱。

王又曾

王又曾（1706—1762），一作右曾，字受铭，号谷原，秀水（今浙江嘉兴）人。乾隆十九年（1754）进士，官刑部主事。后以疾归。工诗，与同县钱载齐名，又与朱沛然、陈向中等号“南郭五子”。著有《丁辛老屋集》。

城头月 鸡鸣布[1]

金钗河上寒闺女，月底机声度。[2]才听梭鸣，旋听鸡鸣，剪下瓯江素。　　闲坊小市亲持汝，细数青钱与。[3]染就红花，裁作轻裙，着向春天舞。[4]

（《丁辛老屋集》卷一八）

注　释

[1] 鸡鸣布：温州传统的手工纺织品。据说妇女夜晚浣纱，至天亮时将布织成。清陆进《东瓯掌录》载：“东瓯女红，不事刺绣，惟勤缉绩，寒暑昼夜无间。虽高门巨室，始龀之女、垂白之妪，皆然。有夜浣纱而旦成布者，故俗名鸡鸣布。”　　[2] 金钗河：温州城内河道。在温州城东北镇海门内。　　[3] 青钱：用青铜铸的钱币，为铜钱中的上品。泛指铜钱。　　[4] 红花：或即红蓝花，其汁可供染布。旧

时温州曾广泛种植，并加工为染料。孙同元《永嘉闻见录》记载：“永嘉三四月间，人家妇女竞买红花染布，为衣帛之用。”

赏　析

乾隆十年（1745），王又曾在温州做幕僚，创作了不少记录温州风俗的诗词。此词上阕以细腻的笔触描绘了夜织的场景：月光映照着一个贫家女子，专心致志地在织布机上忙活。在机梭的轧轧声中，不知不觉就天亮了。就在公鸡打鸣的时候，她把一匹织好的布从织机上剪断、取下，她织的布平整无瑕，就如江水一般素洁。下阕则进一步描写鸡鸣布从售卖到成衣的过程。“染就红花，裁作轻裙，着向春天舞”，织布女子的辛勤劳作，最后扮靓了多少人的生活啊！

鸡鸣布或许只是一个传说，但温州妇女勤于劳作，工于纺织，则是一个事实！

韩锡胙

韩锡胙（1716—1776），字介圭，号湘岩，青田（今浙江青田）人。乾隆十二年（1747）举人，历官山东知县、安庆知府、松江知府等。著有《滑疑集》。

百丈漈[1]

雄风鸣晴霄，奔雷响巨壑。[2]
南田百里涧，突怒竟此落。[3]
空山设大阱，峭壁谁所削？
乾坤豁尾闾，云烟恣喷薄。[4]
攀萝俯无极，引领步自却。[5]
死生岂不大？万一坠我脚。
古无好事人，锤铁悬高索。
归来勿复语，语之梦骇愕。

（光绪《青田县志》卷一）

注 释

[1] 百丈漈：瀑布名。在温州市文成县百丈漈镇篁庄村。漈，温州与福建一带的方言称瀑布为漈。 [2] 雄风：强劲的风。战国时楚国辞赋家宋玉将风分为“庶人之雌风”与“大王之雄风”。其《风赋》曰：“清清泠泠，愈病析酲，发明耳目，宁体便人，此所谓大王之雄风也。” [3] 南田：今文成县南田镇。其地有南田山。 [4] 尾闾：古代传说中海水所归之处。喷薄：激荡喷涌。 [5] 引领：伸直脖子远望。

赏 析

如今的百丈漈游人如织，在古代却因为地处偏僻，鲜为人知，文人墨客的题咏更是寥寥可数。韩锡胙的这首诗气势磅礴，想象丰富，充分展现了百丈漈的壮丽景象，更饱含着对自然奇观的敬畏与感慨，在现存的百丈漈题咏诗词中，堪称上乘之作。作者在游览百丈漈时，始终心怀忧惧，感叹没有热心之人开凿崖壁，安装上铁索护栏。好在他的心愿如今已经变成了现实。

袁 枚

袁枚（1716—1798），字子才，号简斋，晚号随园老人，钱塘（今浙江杭州）人。乾隆四年（1739）进士，选翰林院庶吉士。历任溧水、江浦、沭阳、江宁知县。袁枚论诗主性灵，为当时所宗，与蒋士铨、赵翼并称“乾隆三大家”。著有《小仓山房集》《随园诗话》《子不语》等。

温州坐筵词（其二）

温俗：新婚三日，其家张饮设乐，遍延郡中粲者，东西列坐，新妇南向，主人奓户，任客阑入平视，不以为嫌。悦某美，辄往揖酹酒，某釂毕，随侠拜答之。报爵则小往大来，故非洪于量者亦无敢先焉。相传不如是则其家氏系不繁，故非姝丽不延，延亦不肯来也。余久闻此说，疑是谰语。四月十九日到永嘉，二十日王氏新婚，二十二日晚坐筵，余往观，信然。遂命霞裳引例成礼。归，作《坐筵词》六章，补古《竹枝》所未有。[1]

坐中珠翠两行排，扶出新人冉冉来。[2]

好似百花齐吐艳，护他一朵牡丹开。

（《小仓山房诗集》卷二八）

注　释

[1]《温州坐筵词》六首，作于乾隆四十七年（1782），此为袁枚序。粲者：美女。奓：张开，开。阑入：擅自进入。酹酒：此应指敬酒。釂：饮酒干杯。侠拜：古代妇人对男子所行的礼节。妇人先一拜，男子答拜，妇人再拜，称为侠拜。侠，通“夹”。报爵：回敬酒杯。谰语：妄语。霞裳：袁枚的学生。姓刘，山阴（今浙江绍兴）人。　[2]珠翠：珍珠和翡翠。妇女华贵的饰物。

赏　析

袁枚作《温州坐筵词》六首，以竹枝词的笔调记录温州的“坐筵”婚俗，尤足珍贵。此为第二首，描绘“坐筵”开始，新娘登场的画面。“坐中珠翠两行排”，呼应组诗第一首的“千家女儿对镜光”，精心准备的女子，装扮华丽，珠光翠气，好像百花吐艳，果然是“坐筵”礼上靓丽的风景线。但等到主角出场时，她们都黯然失色。末句以“百花之王”牡丹花来形容新娘的尊贵和美丽，与周围的“百花”形成对比，突出了新娘的中心地位。

张綦毋

张綦毋（1735—？），原名元器，字大可，号潜斋，平阳（今浙江平阳）人。乾隆四十二年（1777）岁贡。尝得钱塘桑调元指授诗法，遂工于诗，古今体诗均以气魄胜。著有《潜斋遗集》《船屯渔唱》等。

船屯渔唱（其一）[1]

横阳两屿夹晴川，故老相传泊万船。[2]
不信蓬莱有清浅，眼观沧海变桑田。

（《船屯渔唱》）

注　释

[1] 船屯：指横屿船屯。三国时期，吴国设立横屿船屯，位置大概在今平阳县海西镇一带，与温麻（今属福建霞浦）船屯、番禺（今属广东广州）船屯并称三大船屯。西晋时，在横屿船屯基础上设立始阳县，即平阳县的前身。张綦毋以横阳船屯作为平阳县的代称。　[2] 横阳两屿：横屿与阳屿。张綦毋认为平阳古代有横屿、阳屿两个岛屿。亦有学者认为阳屿即横屿的别称。故老：年高而见识多的人。万船：今谐为“万全”，成为平阳县万全镇的镇名。

赏　析

乾隆年间，张綦毋协助其父张南英纂修《平阳县志》，搜集古籍传说及乡俗谣谚，以竹枝词体作《船屯渔唱》百余首，以补志乘之未备。此为第一首，诗人于诗中想象古代横屿船屯的景象及其地理变迁。

作为东吴设立的三大船屯之一，横屿船屯负有打造战船及各类船只的任务。船屯选址在横屿与阳屿之间，故老相传，这里原有一片宽阔的港湾，可停泊万艘大船。但正如谣谚所云，“沉了七洲洋，涨起万全乡”，当年万桅林立、千帆竞发的港湾，现在已变成一片沃壤，“万船”也被谐音为“万全”，成为这片从海中升起的土地的名称。

万全平原今天已成为平阳县的“粮仓”。在温州，沧海桑田的故事最容易得到诠释。

孙扩图

孙扩图，字充之，号适斋，济宁（今山东济宁）人。乾隆元年（1736）举人。选掖县教谕，迁浙江乌程、缙云知县。后调嘉兴、钱塘，均有惠政。乾隆二十五年，就温州东山书院之聘。著有《一松斋集》。

温州好（其二）

温州好，别是一乾坤。宜雨宜晴天较远，不寒不燠气恒温。[1] 风色异朝昏。[2]

（《一松斋集》卷六）

注　释

[1] 燠：暖，热。　　[2] 风色：天气。

赏　析

乾隆二十五年（1760）冬，孙扩图应山东老乡、时任温州知府李琬之聘，主讲温州东山书院。他于初夏来温州，年底北归。在瓯江舟中回忆温州风景，仿效白居易的《江南好》，创作了十首《温州好》词，每首都以“温州好”三字开头。本词为第二首，主要写温州的地理气候，而以“别是一乾坤”加以概括，为“温润之州”打了一个大大的广告。

元　王振鹏　江山胜览图（局部）

端木国瑚

端木国瑚（1773—1837），字子彝，青田（今浙江青田）人。嘉庆三年（1798）举人。授知县，请改教职，任归安教谕。道光皇帝改卜寿陵，被召相山陵，授内阁中书。道光十三年（1833）进士，授知县，仍改中书。著有《太鹤山人诗集》等。

南田刘文成故里

云围石圃万峰稠，水绕平田百涧流。[1]
林静四时遗鹤羽，山深五月有羊裘。[2]
移家好逐葛仙去，弃世谁从松子游？[3]
叹息文成归未得，南阳零落草庐秋。[4]

（《太鹤山人诗集》卷三）

注　释

[1] 石圃：山名。在文成县南田镇，其地有刘基墓。　[2] 羊裘：羊皮做的衣服。　[3] 葛仙：此应指东晋道教著名炼丹家葛洪。松子：即赤松子。　[4] 南阳：今河南南阳。诸葛亮曾隐居南阳，有草庐在南阳卧龙岗。

赏　析

端木国瑚是处州青田人。当他来到南田的时候，南田还属于青田县。他在拜访刘基这位同乡先贤的墓葬和故居时，心中既充满敬仰，又不无遗憾。端木国瑚精通风水，曾为道光皇帝选择陵址，所以他特别关注南田的地理形势。南田群山环绕，山高入云，山间盆地展开一片平畴，涧水潺潺而流，犹如世外桃源，实在是一个隐居修身的绝佳去处。端木国瑚看后，也不禁动了移居的念头。但桃源虽好，神仙难求。就是刘基这样智慧的人物，辅佐朱元璋开创了大明王朝，最后不也受到朱元璋的猜忌，被羁留于京师，而难以遂其退隐家园的愿望吗？尾联回绾题面“故里”二字，以诸葛亮的南阳草庐和刘基故居相提并论，更加深了人们对历史的思考。

清　费丹旭　太鹤山人五十六岁小像图

金　璋

金璋（1774—1849），字左峨，永嘉（今浙江温州）人。有《红花词》组诗百首。著有《翠微山房诗稿》。

再续红花词（其二）

连畦莳植水云乡，每遇丰年采倍常。[1]

幸不伤农同谷贱，种花自比种禾强。

（《翠微山房诗稿》卷七）

注　释

[1] 莳植：栽种，种植。水云乡：水云弥漫、风景清幽的地方。此指水乡温州。

赏　析

金璋的百首《红花词》篇幅浩大，描写生动，不啻一幅地方风俗的真实写照。这首诗描写红花在温州平原地带连片种植，每逢丰年，产量翻倍。幸运的是，红花的市场需求量大，价格比较稳定，不会因丰收而出现价贱伤农的情况。因此从经济角度看，种植红花比种植稻谷合算。温州在开埠之前，洋布和化学染料还没有大量进入，百姓衣用布料染色，主要依赖红花、靛蓝等植物染料。红花的那一抹红，就是最艳丽的“温州红”！

清　赵之谦　瓯中物产图（局部）

林　鹗

林鹗（1793—1874），字太冲，泰顺（今浙江泰顺）人。道光二十二年（1842）岁贡。官兰溪县学训导。晚年主讲温州中山书院。林鹗及其子用霖纂辑的《分疆录》，为历代泰顺地志中的佼佼者。著有《望山草堂诗钞》。

九日登白云最高顶[1]

西风飘飒鬓毛秋，剑气轩腾决壮游。[2]
瓯栝雄关临绝顶，东南海国见源头。[3]
云生足下群峰涌，日近天心万象收。
我把新诗叩琼阙，乖龙痴虎不胜愁。[4]

（《望山草堂诗钞》卷二）

注　释

[1] 九日：九月初九重阳节。旧时有登高的习俗。白云：即白云尖，位于今泰顺县。　[2] 壮游：怀抱壮志而远游。　[3] 瓯栝：温州古称东瓯，丽水古称栝州。泰顺位于温州与丽水交界处。海国：临海地区。这里指温州及福建一带。　[4] 琼阙：琼楼玉阙，泛指天上

宫阙。乖龙：传说中的孽龙、恶龙。

赏　析

此诗应作于道光四年（1824）林鹗迁居泰顺县罗阳镇桥下村见南山轩之后。时已深秋，诗人也已步入中年，鬓发渐苍。但他壮志未消，自负仍可作一番远游，因此以登高来小试身手。他登上白云绝顶，眺望瓯栝大地，想象江河从脚下发源，东流入海。“云生足下群峰涌，日近天心万象收”，这幅气象开阔的画面便是林鹗胸中壮志的写照。可是当他想凭借自己的才能叩开天宫大门时，却遭遇到了“乖龙痴虎”的阻拦。诗的第一句基调伤感，第二句飞扬跃起，中间二联壮阔雄健，情绪饱满，第七句顺势攀升，第八句突然反转，再次跌入深沉的谷底。

孙衣言

孙衣言（约1815—1894），字劭闻，号琴西，瑞安（今浙江瑞安）人。道光三十年（1850）进士。授翰林院编修，官至江宁布政使，以太仆寺卿内召，称病致仕。孙衣言宦游四方，肆力搜集乡邦文献，建玉海楼以庋之。校刻《永嘉丛书》，大力弘扬永嘉学派思想。著有《逊学斋诗钞》《逊学斋文钞》等。

田　鱼

山中不足鱼，种鱼南亩田。
三月买鱼针，八月登我筵。[1]
往往多田翁，头尾万且千。[2]
雨甘田水满，多鱼为丰年。
或致腊一束，煮食诚芳鲜。[3]
我友或语我，此殆火鱼然。
池塘供物玩，于食无取焉。[4]
我笑此何疑，适口皆为贤。

（《孙衣言集·逊学斋诗续钞》卷一）

注　释

[1]“三月”句：原注曰“土人以鱼子为鱼针”。鱼针，即鱼苗，以其细小如针，故曰鱼针。　[2]多田翁：唐卢从愿广置田产，时号“多田翁”。后用以称呼田产众多的富翁。　[3]腊：冬天腌制后风干或熏干的肉。这里指鱼干。　[4]“池塘”二句：原注曰“吾乡谓之火鱼，畜之池沼，不入馔也”。火鱼，金鱼的别名。

赏　析

此诗作于咸丰十一年（1861），为《山中四利》组诗之一。其时孙衣言以瑞安老家为金钱会所毁，避居于永嘉孙坑（今属浙江青田）。田鱼是永嘉、青田一带山区特产，今天已经被开发为特色美食。但在古人诗中，以田鱼入题，极为罕见。孙衣言此诗为浙南山区稻田养鱼的悠久历史提供了诗证，十分珍贵。

山区缺鱼，为了食物的多样化，于是发明了在水稻田中养鱼的方法，种稻养鱼两不误。田鱼半年就能长成，可供食用，且味道鲜美。孙衣言来自瑞安的水乡平原地带，其地海鱼、淡水鱼都很丰富，但他对田鱼并无偏见。《玉壶清话》曾记载宋太宗问苏易简曰：“食品称珍，何物为最？”苏易简对曰：“臣闻物无定味，适口者珍。”孙衣言对田鱼的态度也是如此。

江　湜

江湜（1818—1866），字持正，一字弢叔，别署龙湫院行者，长洲（今江苏苏州）人。以诸生纳赀入仕，授浙江候补县丞。同治三年（1864），任温州长林场盐课大使。后调杭州佐海运。工诗，陈衍称其为“咸同间一诗雄”。著有《伏敔堂诗录》《伏敔堂诗续录》。

翁洋杂诗（其二）[1]

海滨多异俗，海物亦殊形。
拨棹蟹可怪，扬帆鲎更腥。[2]
异鱼图赞遍，大汛夏秋经。[3]
胶鬲隐何处？茫茫岛屿青。[4]

（《伏敔堂诗续录》卷三）

注　释

[1] 翁洋：今作“翁垟”，属乐清。明清时期为长林盐场所在地，设有盐课司。　[2] 拨棹：蝤蛑的别称。鲎：节肢动物，生活在海中，尾坚硬，形状像宝剑。相传其背部甲壳可以上下翘动，上举时称“鲎帆”。[3] 异鱼：各种不常见的鱼类。图赞：绘图作赞。宋代曾有一部图文相

配的鱼类专著《异鱼图》，原书五卷，今佚。明代杨慎亦曾著《异鱼图赞》四卷。汛：鱼汛，有利于大量捕捞的时期。 [4]胶鬲：商周时人。本为纣臣，遭纣之乱，遂隐逸从事商贩。周文王于鱼商盐贩之中得之，举以为臣。《孟子·告子下》："胶鬲举于鱼盐之中。"后世奉其为盐宗之一。

赏 析

江湜《翁洋杂诗》四首，所咏各不相同。此诗为第二首，讲述翁洋的海产和渔业生产情况。开篇便点明海滨地区的奇风异俗以及海洋生物的奇形异状，为全诗定下了独特的地域色彩。颔联具体描写了蟹与鲎，以说明"海物亦殊形"，透露出诗人对这些海洋生物的好奇与惊叹。颈联由鱼类品种之多、渔业汛期之久，暗示富饶的大海可以为渔民带来可观的收获。但真正要让大海的富饶资源为人所用，还需要有像胶鬲这样的人才，所以尾联发出了寻找胶鬲的感叹。这里面是否也蕴含着诗人的抱负呢？

俞　樾

俞樾（1821—1907），字荫甫，号曲园，德清（今浙江德清）人。道光三十年（1850）进士，任翰林院编修。后外放河南学政，受劾归。历主江浙各大书院，潜心著述。所撰合为《春在堂全书》。

醉司命日郎亭以温州蚕豆见饷[1]

朔风岂是浴蚕天，何处青青豆荚鲜？[2]
君说来从九凰岭，我疑彼有八蚕绵。[3]
煮成自是偏宜粥，买到须知不论钱。
记得老彭曾见饷，冬瓜腊日也登筵。[4]

（《春在堂全书·春在堂诗编》卷二〇）

注　释

[1] 醉司命：民间年终祭灶神的一种习俗。民间以灶神为司命，并有于腊月二十四日祭灶的习俗。宋孟元老《东京梦华录》卷一〇“十二月”条载：“二十四日交年，都人至夜请僧道看经，备酒果送神，烧合家替代钱纸，帖灶马于灶上，以酒糟涂抹灶门，谓之醉司命。”郎亭：即汪鸣銮，字柳门，号郎亭，寄籍钱塘（今浙江杭州）。同治四年（1865）

进士，官至吏部右侍郎。 [2]浴蚕：育蚕选种。 [3]“君说”句：原注曰“温州有九凰山”。九凰山在今平阳县。八蚕绵：用八辈蚕之丝织成的丝绵。《齐民要术》引《永嘉记》曰“永嘉有八辈蚕”，培育的蚕一年内可以出茧八次，因名“八辈蚕”。 [4]“记得”二句：原注曰“彭刚直曾于腊月馈广东冬瓜”。彭刚直，即彭玉麟，湘军将领，官至兵部尚书，谥刚直。

赏 析

此诗作于光绪二十九年（1903）腊月。作者从蚕豆的“蚕”字联想到蚕桑之蚕，从蚕豆的产地平阳九凰山，联想到温州历史上曾出过“八辈蚕”，又从时下冬天联想到冬瓜，思维多次跳跃转换，用意则在突出冬天蚕豆的珍贵。就像冬瓜通常成熟于夏天，蚕豆采摘通常也在夏秋季节，它们怎么会反季节出现呢？

温州因为气候温暖，所以有十月桃花、腊月蚕豆等“反季节”特产。物以稀为贵，这些“反季节”特产成了士大夫相互馈赠的贵重礼品。据说1972年2月美国总统尼克松访华，国宴上有一道蚕豆炒虾仁，所用新鲜蚕豆就是平阳钱仓的“钱仓早”。

清　俞樾　篆书题额“止园”并跋

赵之谦

赵之谦（1829—1884），初字益甫，号冷君，后改字㧑叔，号悲盦、无闷，会稽（今浙江绍兴）人。咸丰九年（1859）举人。官鄱阳、奉新、南城知县，卒于任。工书画，尤精篆刻。著有《悲盦居士诗剩》《悲盦居士文存》等。

贼情叵测守城方严深宵独坐百感交集戏成三律以写我心（其二）[1]

忽传烽火薄孤城，构衅寻仇祸早成。[2]

此日可怜图白战，斯人何事误苍生？[3]

故乡心悸方多难，穷海身藏更苦兵。

不信钱神偏作恶，空囊一掷竟无声。[4]

（《赵之谦集·悲盦居士诗剩》）

注　释

[1]贼情：指金钱会起义情势。贼是赵之谦对金钱会的蔑称。咸丰年间，平阳钱仓人赵启等纠众聚义，成立金钱会，铸“金钱义记”为入会凭证。咸丰十一年（1861），金钱会乘太平军在浙江胜利进军之机发动

起义。十月末，围攻瑞安县城，至十一月初方解围散去。 [2] 构衅：构成衅隙，结怨。寻仇：寻隙为仇或故意作对。 [3]“此日”二句：原注曰“兵连祸结，而城中不集一资，但期发本营兵，谓一战可了”。白战，空手作战。 [4] 钱神：谓金钱之力，如同神物。后用以指万能的金钱，常带有贬称意味。

赏 析

咸丰十一年（1861）十月，平阳金钱会围攻瑞安城。赵之谦正客居瑞安，用诗歌记录了身陷围城的经历和感受。“构衅寻仇祸早成”代表了赵之谦对金钱会事变的看法。之前瑞安孙锵鸣以翰林侍读身份在家乡办理团练，号称“白布会”。孙氏在道光末年做过广西学政，对太平军有所了解，因而对金钱会这类民间会党加意防范，极力压制。于是白布会与金钱会针锋相对，形同水火。赵之谦认为这就埋下了祸乱的根源。颔联中的“斯人”即指孙锵鸣。此时赵之谦的家乡绍兴已被太平军占领，客居之地也遭遇兵乱，加上囊中空空如也，赵之谦处境的狼狈和心中的惶恐，可想而知。

戈鲲化

戈鲲化（1836—1882），字砚畇，一字彦员，号人寿主人，休宁（今安徽休宁）人。弱冠入湘军黄开榜幕。同治初年，入美国驻上海领事馆任职。后移居宁波，任职于英国驻宁波领事馆。光绪五年（1879），受宁波税务司杜德维之荐，赴美国任哈佛大学中文教席。任期未满，即病卒于美。著有《人寿堂诗钞》等。

正月三日坐小轮船出瓯江波平如镜

天际日光淡，岩腰云气清。

只轮随火急，双桨画波轻。[1]

有鸟人还避，无风浪自平。

怡然今返旆，回首别山城。[2]

（《人寿堂诗钞》）

注　释

[1]“只轮”句：旧称用蒸汽机发动的船为火轮船。此句描写火轮船速度之快。　[2]返旆：回师。代指返程。山城：指温州城。温州城内外皆有山，城墙沿山而筑，因称山城。

赏 析

光绪二年（1876）元旦，戈鲲化作为英国驻宁波领事馆职员，陪同领事佛礼赐（R. J. Forrest），顶风冒雪从宁波坐军舰来温州。由于军舰吨位大，怕触礁搁浅，乃停泊瓯江口海面，换乘小艇至温州港朔门码头，上岸进城。正月三日回程，天气转为晴好，波平浪静。戈鲲化怀着愉快的心情写下了此诗。全诗用白描手法，不雕琢，不用典，清新流畅，为温州港在清末的通航情况留下了真实写照。

郭钟岳

郭钟岳（1844—？），字叔高，号外峰，江都（今江苏扬州）人。光绪初官温州府同知。工诗词，能鼓琴及刻印。书法各体皆妙。著有《瓯江竹枝词》《瓯江小记》等。

瓯江竹枝词（其六十九）

橘柚侵霜满四郊，桥墩门外买香泡。[1]

擘来片片红如玉，莫当朱圆一例抛。[2]

（《瓯江竹枝词》）

注 释

[1]“桥墩门”句：原注曰“桥墩门，平阳地名。香泡，柚属”。桥墩门，即今苍南县桥墩镇，旧属平阳。香泡，即柚子。方言称柚子音近“泡”。今苍南县马站镇一带所产四季柚最佳。 [2]“莫当”句：原注曰“朱圆，橘属。香泡惟平阳红色者可食，朱圆酸苦不能食”。朱圆，即朱栾。宋韩彦直《橘录》：“朱栾，颗圆实，皮粗瓣坚，味酸恶不可食。”

赏 析

瓯柑是温州著名的水果特产，南宋大将韩世忠之子韩彦直知温州时，写成了我国第一部柑橘类专著《橘录》。桥墩门一带所产柚子果肉晶莹剔透，宛如红玉，色、香、味俱佳，深受温州人喜爱。它的外形与朱栾很像，外地人很难分得清楚。所以此诗告诫说，切莫把珍珠当成鱼目，浪费了如此佳果。

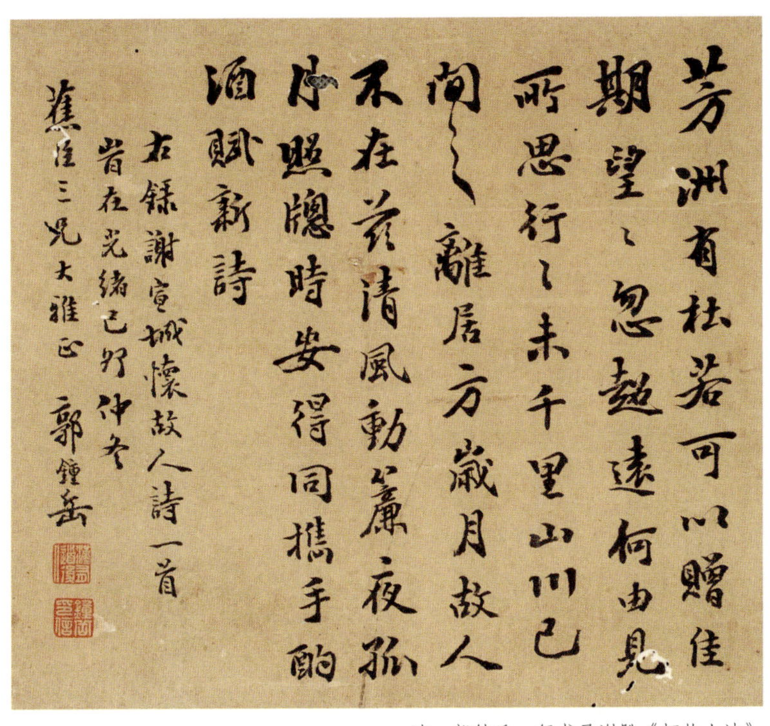

清　郭钟岳　行书录谢朓《怀故人诗》

参考文献

B

《半山藏稿》，明万历二十八年刻本

C

《诚意伯文集》，《四部丛刊》影明刻本

《船屯渔唱》，清抄本

《春在堂全书》，清光绪刻本

《翠微山房诗稿》，清道光漱芳斋刻本

D

《澹园集》，民国《金陵丛书》本

《丁辛老屋集》，清乾隆刻本

《东阁吟稿》，清抄《两宋名贤小集》本

《东瓯金石志》，清光绪九年刻本

《东瓯诗存》，清乾隆五十五年刻本

《东坡七集》，明成化刻本

《东山诗选》，民国南城李氏宜秋馆刻宋人集本

《杜诗详注》，中华书局 1979 年版

E

《二薇亭诗集》，明万历四十三年刻本

F

《芳兰轩诗集》，民国十七年永嘉黄氏《敬乡楼丛书》本

《佛光国师语录》，日本《大正新修大藏经》本

《伏敔堂诗续录》，清同治刻本

《浮沚集》，清武英殿聚珍本

G

《瓜庐诗》，清抄《两宋名贤小集》本

光绪《青田县志》，光绪元年至二年刻本

《广雁荡山志》，清乾隆五十五年刻本

H

《横塘集》，清末瑞安孙氏诒善祠塾刻《永嘉丛书》本

弘治《温州府志》，明弘治十六年刻本

《浣川集》，民国十七年永嘉黄氏《敬乡楼丛书》本

J

《汲古堂集》，明万历刻本

《霁山集》，清长塘鲍氏刻《知不足斋丛书》本

嘉靖《瑞安县志》，明嘉靖三十四年刻本

《简斋集》，清武英殿聚珍本

《剑南诗稿》，明崇祯毛氏汲古阁刻清初重修《陆放翁全集》本

《姜白石集编年笺校》，浙江古籍出版社 2023 年版

K

康熙《平阳县志》，清康熙三十三年刻本

《珂雪斋前集》，明万历刻本

L

《浪语集》，清末瑞安孙氏诒善祠塾刻《永嘉丛书》本

《梁辰鱼集》，上海古籍出版社 2010 年版

《龙川词》，明崇祯毛氏汲古阁刻《宋名家词》本

《栾城集》，清道光眉山三苏祠刻《三苏全集》本

M

《漫塘文集》，民国《嘉业堂丛书》本

《梅溪先生文集》，《四部丛刊》影明正统刻本

《蒙川遗稿》，清末瑞安孙氏诒善祠塾刻《永嘉丛书》本

《孟浩然集》，明刻本

民国《平阳县志》，民国十四年刻本

N

《南雷诗历》，清末《粤雅堂丛书》本

O

《瓯滨摘稿》，民国二十四年永嘉黄氏《敬乡楼丛书》本

《瓯江竹枝词》，清同治十一年刻本

P

《蒲江词稿》，民国归安朱氏校刻《彊村丛书》本

《曝书亭集》，《四部丛刊》影康熙五十三年刻本

Q

《清苑斋诗集》，明万历四十三年刻本

《全芳备祖后集》，明毛氏汲古阁抄本

《全宋词》，中华书局 1999 年版

R

《人寿堂诗钞》，清光绪四年刻本

S

《山中白云词》，清光绪仁和许氏刻《榆园丛书》本

《沈佺期集》，明铜活字本

《施愚山先生全集》，清康熙四十七年刻本

《石屏诗集》，明弘治十一年刻本

《水心文集》，清末瑞安孙氏诒善祠塾刻《永嘉丛书》本

《司空表圣诗集》，民国《嘉业堂丛书》本

《孙衣言集》，浙江古籍出版社 2017 年版

T

《太鹤山人诗集》，清道光刻本

《唐五代诗全编》，上海古籍出版社 2024 年版

W

《宛陵先生文集》，《四部丛刊续编》影明万历梅氏祠堂刻本

《王季重先生文集》，明崇祯刻本

《望山草堂诗钞》，清咸丰刻本
《苇碧轩诗集》，明万历四十三年刻本
《文山先生全集》，《四部丛刊》影明刻本
《文温州集》，明刻本
《五峰集》，民国如皋冒氏刻《永嘉诗人祠堂丛刻》本

X

《小仓山房诗集》，清乾隆刻本
《谢灵运集校注》，中州古籍出版社 1987 年版
《玄英集》，清抄本
《洵美堂诗集》，民国贵阳陈夔龙刻本

Y

《一松斋集》，清同治任城孙氏刻本
永乐《乐清县志》，明永乐刻本
《玉茗堂全集》，明天启刻本
《乐清诗征》，民国永嘉区征辑乡先哲遗著委员会抄本

Z

《张苍水集》，民国张氏约园刻《四明丛书》本
《张可久集校注》，浙江古籍出版社 2012 年版
《赵清献公文集》，明嘉靖汪旦刻本
《赵之谦集》，浙江古籍出版社 2015 年版
《止斋文集》，清末瑞安孙氏刻《永嘉丛书》本
《止止堂集》，清光绪十四年刻本

后　记

《人物满东瓯》重在呈现温州优美的自然风光、淳朴的民情风俗、厚重的历史人文，发掘务实通变、开放创新的温州人精神。全书精选了历代吟咏温州的诗词作品一百首，经典优先，名家优先，同时兼顾艺术水准、时代特点和地域因素。选录范围包括目前温州市所辖四区（鹿城、龙湾、瓯海、洞头）、五县（永嘉、平阳、苍南、文成、泰顺）及三个县级市（瑞安、乐清、龙港）。所选作品依据可靠的版本，按朝代与作者生活年代进行编排。对入选作者，简要介绍其生平事迹。诗词后设注释和赏析，注释力求通俗畅达，简明扼要；赏析力求提纲挈领，要言不烦，并着重说明其与温州的关联。

本书是集体编纂的成果，由中共浙江省委宣传部统一策划，中共温州市委宣传部组织实施。主要撰稿人有陈瑞赞、李思涯、巢彦婷、苏碧铨、王朋飞、陶慧、亓颖、陈智峰、南航、陈文苞等，方韶毅负责插图的选配。全稿由陈瑞赞审订润色，统一体例。

本书得以完成，特别感谢中共温州市委宣传部的指导与协调，感谢浙江古籍出版社的支持与努力，保证了本书的顺利出版。陈增杰、张声和、洪振宁、刘周晰、陈胜武等温州本地学者在篇目评选、书稿论证的环节给予了有力的支持，在此也一并致谢。

因为时间仓促，本书的选目难免有挂漏之失，作者信息、作品解读也未必尽惬人意，恳请读者批评指正！

本册编写组

2024 年 11 月

图书在版编目（CIP）数据

人物满东瓯 ：温州 / 丛书编写组编. -- 杭州 ：浙江古籍出版社，2024. 11. --（诗话浙江）. -- ISBN 978-7-5540-3188-9

Ⅰ. I222.72

中国国家版本馆 CIP 数据核字第 2024TY4482 号

诗话浙江

人物满东瓯

丛书编写组 编

出版发行 浙江古籍出版社

（杭州市拱墅区环城北路 177 号 电话：0571-85176989）

责任编辑 林若子

责任校对 叶静超

封面设计 张弥迪

责任印务 楼浩凯

照　　排 浙江大千时代文化传媒有限公司

印　　刷 浙江新华数码印务有限公司

开　　本 880 mm × 1230 mm 1/32

印　　张 8

字　　数 172 千字

版　　次 2024 年 11 月第 1 版

印　　次 2024 年 11 月第 1 次印刷

书　　号 ISBN 978-7-5540-3188-9

定　　价 42.00 元

如发现印装质量问题，影响阅读，请与本社印制部联系调换。